Birgit Davidian

Mord beim Gloriasingen

Ein weihnachtlicher Regional-Krimi

Impressum

Texte: © Copyright by Birgit Davidian

Umschlag: © Copyright by 3verben

Verlag: Birgit Davidian

Teichsmühlengasse 2

59494 Soest

bguthke@live.de

Druck: epubli - ein Service der neopubli GmbH,

Berlin

Über dieses Buch:

Weihnachten in der bezaubernden Fachwerkstadt Soest. Tausende Zuschauer lauschen andächtig dem stimmungsvollen Gloriasingen am mittelalterlichen Marktplatz, als ein schrecklicher Selbstmord passiert. Oder war es Mord? Kann Nicholas Reeves, englischer Privatdetektiv und zufälliger Zeuge, den Fall lösen? Die Verstrickungen führen ihn bis ins Berlin der 20er Jahre und in ein lang gehütetes Familiengeheimnis.

Für Jenny Guthke, Frieda Lange und Karin Diessner

Rest in Peace...

Alle Personen in diesem Roman sind erfunden – bis auf die erwähnten Gastronomen und ihre Lokale. Darüber hinausgehende Ähnlichkeiten mit lebenden Personen sind nicht beabsichtigt und wären rein zufällig. Die Orte sind jedoch authentisch und einen Besuch wert.

1.

Söst? So-est? Soost!

Slogan des Stadtmarketings zur korrekten Aussprache des Ortes dieser Handlung

Schnee fiel in dicken Flocken auf die kleine Stadt Soest. Das mittelalterliche Flair der verwitterten Grünsandsteinmauern zog - wie jedes Jahr - Menschenscharen in die pittoreske Fachwerkstadt. Erwartungsfroh schoben sie sich über das Kopfsteinpflaster der engen Gassen, angelockt vom Gesang des elektronischen Elchkopfs, der sich über einem der größeren Glühweinstände erhob. Mit den Augenlidern klappernd, die rotbraune Fellschnauze hin- und herschwenkend, begrüßte er wie jedes Jahr - kurioserweise mit holländischem Akzent - die Marktbesucher mit launigen Sprüchen und Liedern: Das untrügliche Zeichen für die Eröffnung des Weihnachtsmarktes. Inmitten der Altstadt mit ihren sieben im Wettstreit läutenden Kirchen, verführte er zuverlässig zu übermäßigem Glühweinkonsum. Vom Marktplatz aus strömten die Besucher weiter durch die nach Nadelbäumen duftende Mariengasse. Der Rindenmulch am Boden des Petrikirchhofs dämpfte die Geräuschkulisse und schuf eine romantische Atmosphäre. Warm mit Mützen und Handschuhen eingepackte Liebespaare umarmten sich. Anwohner und Touristen bestaunten das mit Lichterketten dekorierte zinnoberrote Rathaus. Freunde standen an den zu Tischen umfunktionierten Weinfässern, gaben sich der Feuerzangenbowle hin, lachten und freuten sich auf die Weihnachtszeit.

Einsam im Gedränge stand Nicholas Reeves, in der Rechten ein Spießbratenbrötchen, in der Linken einen Glühwein und auf der Skijacke einen Spritzer Soße.

„Immer das gleiche, wenigstens hab ich nicht den guten Mantel angezogen." dachte er, als auch noch sein Telefon klingelte. Schnell kippte er den Glühwein hinunter, steckte die Tasse in die verbeulte Jackentasche und ging ran.

“Hello Mum. I´m sorry, I´m not sure yet about Christmas. What? No, I can´t hear you. What? Listen, I´ll call you back tomorrow, okay? Bye.”

Damn it, sie rief immer in den unmöglichsten Momenten an. Außerdem nannte Sie ihn beharrlich wie als Dreijährigen noch immer Nicky, obwohl ihn alle Freunde Nick riefen. Er müsste sich nun endlich entscheiden und ihr Bescheid sagen: Sollte er Weihnachten daheim in England bei seinen Eltern verbringen? Es würde wieder auf lästige Fragen zu seinem Single-Dasein und seiner fragwürdigen Berufstätigkeit als Privatdetektiv hinauslaufen. Bestimmt wäre sein Bruder Ted wieder da, der Angeber, in feinem Anzug, und würde von seinem wichtigen Job als Banker schwätzen. Hier wäre es doch deutlich entspannter und stressfreier. Er könnte in Jason´s Pub feiern. Sicher würde er dort auch einige alte Kumpels von der Army treffen, die sich auch vor der Heimreise drückten. Statt gefülltem Truthahn würde es dann eben Bulmers Cider und Bacon-Sandwich geben.

2.

„Die weihnachtlich gestalteten Billigpreis-Tickets gibt es in allen DB-Reisezentren"

Deutsche Bahn

Eva Schneider war froh über ihre Entscheidung: Statt ewig im Stau zu stehen, hatte sie den ICE genommen. Ein Glück, dass es endlich diese neue Anbindung gab: Berlin – Soest in 3,5 Stunden. Unschlagbar schnell und entspannt würde sie in ihrer Heimatstadt ankommen. Wie jedes Jahr an Kirmes und Weihnachten – dies waren die unveränderlichen Koordinaten aller Exil-Soester. Zur Allerheiligenkirmes traf man alte Freunde wieder, zu Weihnachten die Verwandtschaft. Zehn Jahre lebte sie nun schon in Berlin, aber war dadurch trotzdem immer auf dem Laufenden über die wesentlichen Ereignisse im Leben der Bewohner der „heimlichen westfälischen Hauptstadt". Wie es wohl wäre, einmal Weihnachten in Berlin zu feiern? Nach der Trennung von Tom war Ihre

Hoffnung auf Gründung einer eigenen Familie leider in weite Ferne gerutscht. Sie hatte schon unzählige Einladungen ihrer Freunde ausgeschlagen, die regelmäßig ohne Familie feierten und fantastische Menüs daheim zauberten. Wie viel amüsanter wäre das im Vergleich zur ewig gleichen Schneiderschen Weihnacht: Mama wäre wie immer fleißig bemüht, so etwas wie Gemütlichkeit zu schaffen durch schwer erträgliche Musik, sicher Helene Fischers Weihnachtskonzert oder so, und stünde seit morgens schwitzend in der Küche. Papa, ganz der Patriarch, würde sich nicht vom Fleck rühren und die ganze Zeit bedienen lassen. Und Tante Herta, so gern sie sie eigentlich hatte, würde doch unweigerlich an den Punkt kommen, an dem sie Papa Vorhaltungen machen würde, wie ungerecht das Leben sei. Meistens endete es dann in einem lautstarken Streit, den Mama verzweifelt zu schlichten versuchte, natürlich erfolglos, bis Herta türknallend das Haus verließ. Frohe Weihnachten!

3.

„Driving home for Christmas, I can´t wait to see those faces"

Chris Rea

Unschlüssig saß Nick bereits bei seiner dritten Tasse Twining´s Darjeeling, den Blick über die im Zimmer verstreuten Klamotten sowie den offenen Koffer schweifend. Er wollte nicht wirklich packen, hatte aber keine gute Ausrede und ein schlechtes Gewissen seinen Eltern gegenüber, die ihn höchstens einmal im Jahr sahen. Er hatte auch noch keine Geschenke gekauft, dabei war heute schon Heiligabend. Gut, dass daheim in England erst am Boxing Day die Geschenke ausgepackt werden.

„Reicht also, wenn ich morgen früh losfahre und mittags die Fähre von Calais nach Dover nehme." sagte er sich.

Dann könnte er heute sogar noch zum Gloriasingen gehen. Eigentlich hielt er nicht viel von Traditionen, aber Clarissa hatte ihn letztes Jahr mitgenommen und er war selbst erstaunt über die eigentümliche Faszination, die der Brauch bei ihm ausgelöst hatte: Die Stille und Dunkelheit standen ganz im Kontrast zum sonst so lauten und glitzernden Weihnachtsgehabe. Vielleicht würde er Clarissa dort treffen? So klein Soest auch ist, waren sie sich doch kaum über den Weg gelaufen das letzte Jahr. Er hatte gehört, dass sie mit jemandem gesehen wurde, offensichtlich intimer vertraut. Was immer das heißen mochte. Auf jeden Fall würde er aber jetzt Geschenke kaufen: Zuerst eine Flasche des traditionellen Soester Kaffeelikörs namens „Bullenauge“. Sein Vater grunzte immer vor Freude beim Eintröpfeln der frischen Sahne in den dunkelbraunen Likör, so dass das weiße im Auge des Bullen zum Vorschein kam. Und einen Weihnachtslikör beim Soester Brauhaus „Zwiebel“ am Markt, wie jedes Jahr.

4.

„Gloria in excelsis Deo"

Bereits seit über 300 Jahren versammelten sich die Soester an Heiligabend vor der „Alden Kerke“, der ältesten Kirche Westfalens aus dem 8. Jahrhundert, offiziell St. Petri, um dem Gloriasingen beizuwohnen. Nun war es wieder so weit: Schon kurz vor 19 Uhr! Obwohl weit mehr als tausend Menschen am Petrikirchhof eingetroffen waren, hörte man nur ein Wispern. Weitere Hundertschaften schlichen schweigsam durch die stockfinsteren Gassen auf die mächtige Kirche aus dem - nur in Soest zu findenden – typischen Grünsandstein zu. Die vollkommene Verdunkelung des Platzes war Tradition und sollte die absolute Konzentration auf den Chorgesang unterstützen. In der Eiseskälte leuchtete nun neben dem Sternenhimmel nur die Kirchturmspitze: Auf der barocken Balustrade unterhalb des Zwiebelturms hatten sich vier Bläser und zahlreiche Chorkinder versammelt, jedes zweite hielt eine Laterne. Die Spannung stieg, als endlich der erste Schlag der Kirchenglocke ertönte. Nach sieben Schlägen erklangen die Posaunen. Dann endlich sang der Kinderchor "Gloria in excelsis Deo“ in Anlehnung an das Weihnachtsevangelium von Lukas und danach "Dies ist der Tag, den Gott gemacht" von Christian Fürchtegott Gellert. Nach jeder Strophe kehrte wiederum Stille ein, da Bläser und Sänger jeweils auf die andere Seite des Turms rückten, damit der weihnachtliche Lobpreis in alle vier Himmelsrichtungen gesungen würde.

Nick stand am Rande der Menschenmenge. Weit und breit kein bekanntes Gesicht. Er hatte vergeblich gehofft, Clarissa zu treffen, es war sogar derart dunkel, dass er selbst seine eigene Mutter nicht erkannt hätte. Was tat er hier überhaupt? Eigentlich mochte er keine Chormusik. Der kleine Junge neben ihm schien sich auch zu langweilen, löste sich von der Hand seiner Mutter und machte Anstalten, wegzulaufen. Dabei rempelte er Nick an, worauf er von seiner Mutter streng ermahnt und eingefangen wurde. Eine Gruppe chinesischer Touristen hielt ihre Selfie-Sticks in die Höhe.

Nun begann endlich die zweite Strophe. Alle starrten wieder andächtig empor. Der sonst so harmonische Gesang klang plötzlich holprig und die getragenen Kerzen auf dem Turm wackelten unruhig im Geschiebe auf der engen Turmbrüstung. Nick versuchte genauer hinzuschauen, aber die Turmspitze war zu weit entfernt und zu dunkel. Plötzlich erschall ein hektisches Rufen vom Turm. Ein Schatten schob sich durch die Streben der Brüstung, fiel vor dem Turm hinunter, prallte am Vordach ab und stürzte weiter. Wie in Zeitlupe sah die Gemeinde mit angehaltenem Atem, wie die Gestalt mit einem dumpfen Geräusch am Boden aufschlug. Nur wenige Fassungslose erkannten im Dunkel die Umrisse der zartgliedrigen, alten Frau. Ihre verdrehten Gliedmaßen waren zerschmettert. Langsam sickerte ihr dunkelrotes Blut auf das Kopfsteinpflaster. Einer der Zuschauer in vorderster Reihe, ein Lehrer vom Archigymnasium, neigte sich über den auf dem Bauch liegenden Leichnam, machte die Lampe seines Handys an und rief: „Das ist doch Herta Schneider, oh mein Gott! Die Chorleiterin!“

Das hysterische Schreien und Weinen der Chorkinder und Zuschauer übertönte den Klang der zerberstenden Posaune, die einem der Bläser aus der Hand gefallen war.

Dann setzte das ohrenbetäubende Glockengeläut des Doms ein, gefolgt von allen anderen Soester Kirchen.

Nick schob sich durch die Menschenmenge, hin zum Ort des Geschehens. Solange die Polizei nicht alles absperrte, würde er wachsam sein. Wer wusste schon, wozu es nützlich sein konnte. Immerhin war er als Privatdetektiv sicher ein besonders aufmerksamer Zeuge. Er prägte sich den ersten Eindruck ein, den das Opfer auf ihn machte. Sie musste sofort tot gewesen sein, bei der Höhe. In der Dunkelheit konnte er aber kaum etwas erkennen, zumal die Dame einen dicken Mantel trug. Dann bezog Nick Position zwischen Opfer und Kircheneingang und beobachtete die Reaktionen der Passanten. Bis der Chor vom Turm herunterkam, würde es noch dauern, zu steil war der Abstieg. Menschen liefen kreuz und quer über den Platz, vor allem Familien mit kleinen Kindern wollten diesen Ort des Schreckens so schnell wie möglich verlassen. Andere jedoch, insbesondere Jugendliche und Touristen, brannten darauf, dieses Spektakel für die Nachwelt festzuhalten und filmten mit ihren Handykameras die Panik und die Tote. Das öffentliche WLAN-Netz brach fast zusammen, als die Anwesenden ihre Facebook-Accounts mit Fotos und Statusmeldungen über ihre persönliche Sicherheit und einen vermeintlichen Terroranschlag aktualisierten. Dann hörte man das Herannahen der Polizeisirenen.

5.

„Stille Nacht, heilige Nacht“

Das hatte ihm gerade noch gefehlt: Heiligabend auf Einsatz! Seine Frau hatte schon den Braten in der Röhre und war stinksauer. Die Kinder würden die Bescherung dieses Jahr ohne ihn erleben. Kommissar Meik Schulte war zunächst zum Tatort gefahren, wo glücklicherweise die Kollegen bereits alles abgesperrt hatten. Viel war nicht zu tun, er überließ jetzt der Spurensicherung das Feld, um die Angehörigen zu befragen. Die Nichte des Opfers war am Tatort so aufgelöst gewesen, dass man sie erstmal nach Hause geschickt hatte. Er parkte vor einem imposanten Flachbau. Das rötliche Ziegelmauerwerk und die große Eingangsüberdachung hoben sich stark von den umstehenden Häusern ab. Nachdem er geklingelt hatte, öffnete ihm ein älterer Herr.

„Schulte, Kripo Soest. Entschuldigen Sie die Störung, aber ich muss Sie und Ihre Familie zu dem tragischen

Todesfall am Petrikirchhof befragen. Darf ich reinkommen?“

„Aber sicher, Sie müssen ja Ihre Arbeit erledigen.“

„Sie sind Heinz Schneider, der Bruder der Toten?“

„Ja, so ist es, es ist schrecklich, wir sind alle noch fassungslos über dieses Unglück. Wie konnte sie nur runterstürzen? Furchtbar. Marlies, machst du mal Kaffee für den Kommissar? Sie möchten doch Kaffee?“

„Ja, sehr gerne, es ist zwar schon spät, aber Kaffee fördert ja bekanntermaßen das Denkvermögen, nicht wahr?“ setzte er schmunzelnd hinzu, froh über das Angebot. Wenigstens höfliche Leute, da hatte er ja meistens mit ganz anderer Klientel zu tun: Den ganzen Kleinkriminellen und Banden, die Soest im letzten Jahr einen achtzig prozentigen Anstieg der Wohnungseinbrüche beschert hatten. Sie machten sich den Umstand zunutze, dass Soest und einige umliegende Dörfer direkt an der A44 lagen. Schon im Mittelalter eine bekannte Handelsstraße und Zubringer für Pilger des Jakobswegs, diente der „westfälische Hellweg“ nun als schneller Fluchtweg nach Osteuropa.

„Sie und Ihre Nichte waren ja Zeugen des Unfalls, deshalb habe ich einige Fragen. Ist Ihre Tochter inzwischen wieder ansprechbar?“

„Na ja, es wird schon gehen. Marlies, hol Eva von oben und gib ihr einen Cognac, damit sie sich endlich beruhigt.“

„Ihre Frau war nicht mit beim Gloriasingen?“

„Nein, die hatte ja die Gans im Ofen. Normalerweise wäre ich auch nicht hingegangen, aber unsere Tochter Eva ist gerade zu Besuch und hatte sich darauf gefreut. Wir haben früher immer Weihnachten so gefeiert: Erst zum Gloriasingen, dann haben wir Tante Herta mit zu uns genommen zum Essen und zur Bescherung. Sie hatte ja sonst niemanden, wissen Sie? Keinen Mann, keine Kinder. Außer natürlich den Chor-Kindern. Sie war ja schon viele Jahre Chorleiterin.“

„Das heißt, sie hat auf dem Turm den Chor dirigiert?“

„Ja, sicher. Jedes Jahr zu Weihnachten war sie auf dem Petrikirchturm. Sie hatte wohl schon oft erzählt, wie schwer ihr der Treppenaufstieg fiel, sie war ja nicht mehr die Jüngste...“

„73?“ sagte Schulte mit Blick auf sein Notizbuch.

„Genau. Der Chor war ihr Ein und Alles, dafür hat sie gern die Strapazen in Kauf genommen: Jede Woche Chorprobe im Archigymnasium und Sonntag in der Petrikirche. Und eben die steilen Treppen einmal im Jahr. Wenn man sonst nie Treppen steigt, schafft man das halt nicht."

Marlies Schneider brachte den Kaffee.

„Guten Abend, Herr Kommissar. Milch und Zucker? Entschuldigen Sie, meine Hände zittern richtig, es ist grauenvoll, was mit Herta passiert ist."

„Setzen Sie sich doch bitte zu uns, Frau Schneider." sagte Schulte.

„Was ist denn jetzt mit Eva? Eva! Komm runter!"

„Sie macht sich nur nochmal frisch, war ganz verweint, das arme Ding."

„Wie war denn Ihr Verhältnis zu Ihrer Schwester beziehungsweise Ihrer Schwägerin?" fragte Schulte.

Marlies antwortete: „Gut natürlich, sie war jeden Mittwoch bei uns zum Kaffee. Sonst hatte sie ja keine Familie."

„Ja, das sagte ich schon. Ich arbeite ja immer noch in unserer Apotheke, deshalb habe ich sie nur selten gesehen, also eben ganz normal zu Geburtstagen, Feiertagen. Oder natürlich in der Apotheke. Sie war ja ständig krank. Hat auch Antidepressiva genommen. Hat aber wenig genützt."

„Jetzt hör doch auf, Heinz." versuchte Marlies ihren Mann zu bremsen.

„Wieso, der Herr Kommissar will doch alles genau wissen, oder? Außerdem ist das wichtig. Herta war ja schon lange unglücklich mit ihrem Leben."

„Wie meinen Sie das?" setze Schulte nach.

„Ach, sie hat eben nichts erreicht im Leben. Als ich die Apotheke unseres Vaters übernommen habe, hatte ich ihr sogar eine Anstellung angeboten, aber sie wollte ja nicht. Hat keinen Mann abbekommen, und dann diese unmögliche Tändelei mit dem Pfarrer, da hat sie sich doch nur lächerlich gemacht."

„Sie wollen behaupten, Ihre Schwester hatte eine... äh... Affäre mit dem Pfarrer der Petrikirche?"

„Das ging schon viele Jahre, was sie sich da eingebildet hat, werde ich nie begreifen. Der ist doch ein Mann Gottes, und jünger noch dazu. Sie hat ihn ja regelrecht „gestalkt" oder wie man das nennt."

„Papa, wie redest du denn?“ Mit verquollenen Augen und brüchiger Stimme stellte sich Eva vor.

„Kannst Du nicht wenigstens jetzt, wo sie tot ist, einmal aufhören, schlecht über Tante Herta zu sprechen? Immer dieser Streit, und jetzt ist sie tot. Tot!“

Wieder brach sie in Tränen aus.

„Wie eng war denn Ihr Kontakt zu Herta Schneider, schließlich leben Sie ja nicht in Soest, wie ich höre, da haben Sie sich sicher nicht sehr nahe gestanden?“ fragte der Kommissar Eva Schneider.

„Ich bin damals zum Studium nach Berlin gezogen und lebe seither dort, aber ich telefoniere, ich meine telefonierte jede Woche mit Tante Herta, immer Sonntags. Erst mit Mama, dann mit Tante Herta.“

„Gut. Herr Schneider, Sie sagen, Herta Schneider war depressiv? Glauben Sie denn, sie hatte Selbstmord-Absichten?“

„Ach Gott, was weiß ich schon, was in ihr vorging, aber sie war schon als Kind kränklich und aufsässig und das hat sich ihr Leben hindurch nur verschlimmert. Immer wenn ich sie sprach, war sie übellaunig, hat ihren Weltschmerz ausgewalzt.“

„Was heißt denn hier Weltschmerz? Sie konnte eben nie verwinden, dass Opa so ungerecht zu ihr war und dich immer bevorzugt hat. Aber sie war doch nicht depressiv.“ schrie Eva dazwischen, den Tränen nah.

„Kind, jetzt reg dich doch nicht auf.“ Marlies versuchte ihre Tochter zu umarmen, die ungläubig zwischen Meik Schulte und ihrem Vater hin und her blickte.

„Sie hat sich doch nicht vom Turm gestürzt. Jemand muss sie gestoßen haben. Wer war denn außer den Kindern noch oben? Haben Sie die Bläser befragt?“

„Wir haben natürlich von allen die Personalien aufgenommen.“ entgegnete Schulte ungeduldig.

„War denn die Balustrade beschädigt? Die ist ja uralt und vielleicht nicht mehr sicher? Und was ist mit Fingerabdrücken?“ fragte Eva.

„Das prüfen wir natürlich alles. Aber wissen Sie, auf dem verwitterten Grünsandstein wird das schwierig. Außerdem ist über die Feiertage das Labor schlecht besetzt, das wird dauern. Aber wir haben ja jede Menge Zeugen, da ist das kein Problem. Machen Sie sich mal keine Sorgen.“

„Siehst Du, Kind, lass den Herrn Kommissar nur seine Arbeit machen. Möchten Sie vielleicht etwas Gänsebraten essen? Es gibt auch Rotkohl und Klöße.“ warf Marlies etwas unpassend ein.

„Oh, vielen Dank, zu freundlich, aber meine Frau wartet zu Hause. Ich glaube, ich habe Sie lange genug aufgehalten.“

„Haben Sie eigentlich schon Hertas Wohnung überprüft? Ich habe einen Schlüssel für Notfälle, den gebe ich Ihnen gerne.“

„Das ist ja ausgezeichnet, besten Dank!“ erwiderte Schulte. Vielleicht würde er ja doch um eine langwierige Mordermittlung herumkommen. Freudig erregt ob der Aussicht auf einen schmackhaften Weihnachtsbraten fuhr er heimwärts.

6.

„Der frühe Vogel kann mich mal.“

Nick saß verkatert im Kaffeehaus 1825 seitlich des Marktplatzes. Gestern nach den dramatischen Ereignissen am Petrikirchhof hatte er noch längere Zeit die Arbeit der Polizei beobachtet. Mit Kommissar Schulte hatte er schon das ein oder andere Mal zu tun gehabt. Eine attraktive Frau brach über der Toten weinend zusammen und wurde dann von einem älteren Mann fortgebracht. Als die Tote abtransportiert war, ging er in Jason´s Pub. Der Sturz vom Kirchturm war das beherrschende Gesprächsthema unter den mehrheitlich ehemaligen britischen Soldaten, die nach dem Abzug der Streitkräfte 1993 hier hängengeblieben waren. Viele der über fünftausend hier stationierten Briten hatten Soester Mädels geheiratet und am Ende der Dienstzeit keine Ambitionen, ihre neue Familie in die alte Heimat mitzunehmen, sondern fühlten sich hier so wohl, dass sie ein fester Bestandteil der Stadtkultur wurden. Nick ging es ganz ähnlich: Zwar war es ihm nie gelungen, längere Zeit in einer festen Beziehung zu bleiben, aber nach den zehn Pflichtjahren sah er keinen Sinn mehr darin, zurückzukehren. Stattdessen entschloss er sich, seine gute physische Konstitution, seinen analytischen Verstand – den er zweifellos von seinem Vater geerbt hatte – und sein Talent, immer da aufzutauchen, wo sich ein Konflikt anbahnte, für eine Karriere als Privatdetektiv zu nutzen. Sicher konnte er auch exzellent mit der Schusswaffe umgehen, aber das war Detektiven im Normalfall gesetzlich untersagt und auch nicht notwendig, ging es doch in den meisten Fällen um die Überführung von untreuen Ehe- oder Geschäftspartnern. Viel hatte er nicht zu tun, aber die Lebenshaltungskosten in Soest hielten sich in Grenzen. Nachdem er seinen Sold klug in ein kleines Fachwerkhaus investiert hatte, musste er nicht mal Miete zahlen. Dafür nahm er gern in Kauf, sich mit seinen stattlichen 1,87 m ständig an den niedrigen Decken den Kopf zu stoßen.

Jedenfalls war es spät geworden und er hatte definitiv mindestens einen Whisky zu viel getrunken. Gut, dass dieses neue Café sogar an den Weihnachtsfeiertagen geöffnet hatte und es noch nach zwölf Uhr Frühstück gab. Die Auswahl beschränkte sich zwar auf genau ein einziges Frühstück, aber bei nur einer Handvoll Cafés in der Altstadt durfte man nicht wählerisch sein. Er würde heute statt Darjeeling-Tee einen doppelten Espresso trinken und sich nach dem Frühstück auf den Weg nach London zu seinen Eltern machen. Gemütlich war es hier: Das schmale zweistöckige Haus aus dem Jahr 1825 hatte große Fenster, an denen man in plüschigen Ohrensesseln sitzen konnte, um die Passanten zu beobachten. Eine seiner Lieblingstätigkeiten, schon berufsbedingt. Das lässige Vintage-Design mit grauem Stein und antikweiß gebeiztem Holz erinnerte ihn fast ein bisschen an ein englisches Cottage.

Früher hatte er jeden Sommer mit seinen Eltern in Cornwall verbracht. Seine Mutter liebte es, bei jedem Wetter von Cottage zu Cottage zu wandern, auch sein Vater hatte ein Faible dafür und eine regelrechte Expertise für die allgegenwärtigen herrlichen Rosenstöcke entwickelt. Sicher hätte ihm deshalb auch Soest gefallen, wo vor fast jedem Fachwerkhaus Rosen wuchsen. Aber seine Eltern hatten sich nie aufraffen können, ihn zu besuchen. Nun, er hatte sie auch nie explizit eingeladen.

Neben ihn setzten sich zwei Frauen. Die eine, schlank und mit langem braunem Haar, sah sehr übermüdet aus. Nick wühlte in seinem noch leicht vernebelten Gedächtnis, ob er sie vielleicht gestern in Jason´s Pub gesehen hatte.

„Ach Eva, ich freue mich ja, dass wir uns trotz allem wie verabredet heute treffen, wo wir uns so lange nicht gesehen haben, aber ich hätte volles Verständnis, wenn Du Dich lieber bei deinen Eltern…“

„Nein, auf keinen Fall,“ fiel Eva ihrer Freundin ins Wort, „Heike, ich bin echt froh, Dich zu sehen, irgendwie muss ich meine Gedanken sortieren und Du weißt ja, das geht am besten, wenn man drüber spricht. Ich kann das alles immer noch nicht begreifen. Weißt Du, gestern Abend war dieser Kommissar bei uns und hat nur ganz kurz mit meinem Vater geredet, schon war er wieder weg. So ein Beamtentyp, auf mich wirkte der geradezu arbeitsscheu. Der denkt, Tante Herta hat sich absichtlich vom Turm gestürzt. “

Eine so treffende Beschreibung von Kommissar Schulte hatte Nick lange nicht gehört. Die Frau war ihm sympathisch. Jetzt war ihm auch klar, wo er sie gesehen hatte.

„Was, wie kommt der denn darauf?“ fragte Heike.

„Mein Vater sagte, sie wäre depressiv gewesen. Aber ich finde das übertrieben. Sicher, sie hat sich oft beklagt, aber hauptsächlich über meinen Vater. Ich kann mir nicht vorstellen, dass das gleich eine Depression gewesen sein soll. Sie war ja nicht antriebslos oder so, außerdem hätte sie sich doch niemals vor ihren Chorkindern das Leben genommen. Die armen Kinder, das werden die doch niemals vergessen. Und wie sie da am Boden lag...“

Eva kamen die Tränen. Der Kellner, peinlich berührt als er sah, dass er im falschen Augenblick zum Tisch kam, wollte schon beidrehen, da rief ihm Heike hinterher: „Zwei Cappuccino und zwei stille Wasser, bitte“. Als echte Freundinnen wussten die beiden, was die präferierten Getränke zu jeder Tages- und Nachtzeit waren.

„Denkst Du etwa, sie ist gestoßen worden? Das wäre ja Mord! Mein Gott. Dann kann es nur ein Kind oder einer der Bläser gewesen sein und das hätte wohl jemand vom Chor mitbekommen, meinst Du nicht?“

„Das schlimmste ist, dass dieser Kommissar den Chor und die Bläser überhaupt noch nicht befragt hat. Außerdem haben die wohl alle Urlaub. Das kann doch nicht sein, dass das jetzt wie auf ´nem Amt seinen sozialistischen Gang geht.“ erklärte Eva verzweifelt.

In dem Moment neigte sich der leicht zerknitterte Typ mit dem Drei-Tage-Bart vom Nachbartisch zu ihnen, zog eine Augenbraue hoch und sagte mit sonorer Stimme:

“Entschuldigen Sie die Unterbrechung, aber ich glaube, ich könnte Ihnen behilflich sein.“

Mit diesen Worten reichte er Eva seine Visitenkarte.

7.

„Morgenstund hat Gold im Mund."

Meik Schulte fühlte die angenehme Genugtuung des pflichtbewussten Mannes: Trotz des Feiertags war er um sechs Uhr dreißig aufgestanden, denn er wollte bereits um acht Uhr die Wohnung der Verstorbenen inspizieren. Um zehn Uhr würde er den Pfarrer treffen und kurz darauf die vier Bläser. Er hatte alles perfekt organisiert. Der Staatsanwalt in Dortmund wollte bis sechszehn Uhr informiert werden. Ihm graute schon vor einem anstrengenden Telefonat, aber dank seiner hervorragenden Arbeit würde er bis dahin den Fall – vor allem wenn es Selbstmord war - vielleicht schon gelöst haben und in die wohlverdiente Urlaubswoche gehen können. Seine Frau Ute wollte mit ihm und den Kindern direkt nach dem Fest ein paar Tage Urlaub in Willingen verbringen. Die Kinder würden in die Skischule gehen und er könnte mit Ute Wellness machen. So etwas

Entspannung tat dem Eheleben doch richtig gut. Er hatte sich nicht lumpen lassen und ein Superior Zimmer im Hotel Sauerlandstern gebucht. Da gab es immer die besten Silvester-Partys. Ute würde begeistert sein und sich hoffentlich anerkennend und anschmiegsam zeigen.

Er parkte an einer der großen Ausfallsstraßen außerhalb der Stadtmauer und betrat die Mietskaserne, in der Herta Schneider die letzten vierzig Jahre gelebt hatte. Hier lebten viele Aussiedler, Migranten und sozial Benachteiligte. Im Treppenhaus roch es nach Kohl. Schulte schimpfte über ein an der Wand lehnendes Kinderfahrrad, an dessen angerostetem Stützbein er mit der Hose hängenblieb.

Die Wohnung lag im zweiten Stock. Nachdem er aufgeschlossen hatte, fand er sich in einem kleinen Flur wieder, in dem sorgfältig auf Bügel gezogen eine Strickjacke, eine Regenjacke und darüber ein kleiner schwarzer Hut an der Garderobe hingen. Er ging weiter ins Wohnzimmer. Die Einrichtung war geschmackvoll, die hellen Farben von Tapeten und Vorhängen wirkten freundlich. Ein Adventskranz schmückte den kleinen Couchtisch, daneben standen ein einladender Sessel mit einer Leselampe und ein großes Bücherregal. Er war erstaunt, keinen Fernseher in der Wohnung zu finden.

„Viel zu vererben hat die wohl nicht.“ dachte Schulte. Er ging weiter ins Schlafzimmer. Auf dem Nachttisch lag ein aufgeschlagenes Buch, das er zur Hand nahm: „Berühmte Frauen der Zwanziger Jahre“.

„Alter Schinken, dass Frauen immer im Bett noch lesen müssen.“ dachte er kopfschüttelnd und ging weiter ins Badezimmer. Es war klein, ohne Fenster und gelb gefliest. Ein Strauß getrockneter Blumen stand neben dem Waschtisch. Darüber ein Kosmetikschrank, den er öffnete. Hier fand er einige Medikamente: Aspirin, Venendragees, Anafranil. Das letzte trug den Aufdruck „Antidepressivum“.

„Sieh einer an. Da hatte der Bruder also recht.“ dachte Schulte. Er steckte die Schachtel ein und ging weiter in die Küche. Neben dem Herd standen eine reich gefüllte Obstschale, in der eine Banane bereits erste braune Flecken bekam, sowie ein mit orientalischen Schnitzereien verziertes dunkles Holztablett mit unzähligen exotischen Gewürzen. Auf dem kleinen Esstisch lag DIE ZEIT vom letzten Donnerstag, aufgeschlagen war der Kulturteil. Das Volumen der Zeitung irritierte Schulte etwas. Er las täglich den Soester Anzeiger, so wie seine Frau, seine Eltern und alle seine Freunde. Da war für jeden was dabei: Er las den Sportteil, seine Frau den Lokalteil mit den neuesten Nachrichten über die Veranstaltungen der Landfrauen, der Bürgerschützen und Kleintierzuchtvereine. Erst letzte Woche war wieder ein Bild seiner Tochter darin gewesen, vom Schulfest. Das war eine richtig gute Zeitung. Oft klebten auch Rabattmarken vom Metzger auf dem Titelblatt.

Zerstreut griff Schulte nach dem handgeschriebenen Zettel, der halb von der Zeitung verdeckt war. In krakeliger Schrift stand da: „Ich kann nicht mehr. Entschuldigt. Herta."

„Bingo!" dachte Meik Schulte und konnte sich ein siegessicheres Lächeln nicht verkneifen.

8.

„Und man siehet die im Lichte, die im Dunkeln sieht man nicht."

Bertolt Brecht, Die Dreigroschenoper

Er saß im Keller und betrachtete seine Preziosen. Sorgsam hatte er die Tür hinter sich verschlossen und nur die blasse Campinglampe eingeschaltet. Es würde ohnehin kein Lichtschein durch den Türspalt dringen. Dafür war das Versteck zu sorgfältig gebaut worden. Seine Hand zitterte, als er zum Schnapsglas griff und sich einschenkte. Jetzt war es also geschehen. Er hatte es kommen sehen, schon lange. Aber er hätte einen anderen Zeitpunkt wählen sollen. Andererseits hatte dieses fulminante Ende etwas zutiefst befriedigendes.

Sie war selber schuld. Sein Vater hätte es genauso gemacht, da war er sicher. Der Apfel fällt nicht weit vom Stamm. Dass er es erst so spät begreifen sollte, kam ihm immer noch rätselhaft vor. Die väterliche Seite seiner

Familie hatte eben nie viele Worte gemacht. Sie taten, was getan werden musste. Im Gegensatz zu den Frauen. Wie sehr sie sich doch unterschieden. Wie konnte das möglich sein? Es war wie eine unglückliche Verkettung zweier Spezies. Über Generationen hinweg. Aber er würde sich nicht unterkriegen lassen. Dafür hatte er gesorgt.

9.

„miserere m(e)i d(omi)ne“ (Erbarme Dich meiner, Gott)

Inschrift auf dem wertvollsten Abendmahlskelch von St. Petri

Meik Schulte war kein regelmäßiger Kirchgänger. Durch die zahlreichen Kindstaufen im Freundeskreis hatte er jedoch schon einige der zahlreichen Soester Kirchen von innen gesehen. Nicht aber die Petrikirche. So rüttelte er naheliegender Weise zuerst an der großen Bronze-Pforte am Petrikirchhof, bevor er den Hinweis las, dass der Eingang auf der Schmalseite hinter dem Turm lag. Stöhnend vor Ärger und Anstrengung gleichermaßen öffnete er also die richtige, massive Holz-Pforte und stürzte fast zu Boden: Nicht aus Gottesfürchtigkeit, sondern weil er die fünf steinernen Stufen hinab nicht bemerkt hatte.

„Was zum Teufel…“ fluchte er und erschrak sogleich vom Widerhall seiner Stimme in dem gewaltigen gotischen

Kirchenschiff. Nun doch etwas peinlich berührt, schlich er leise in Richtung des seltsam modernen gläsernen Altars. Die Wintersonne schien gleißend durch die blau-grünen Fenstermalereien und tauchte das Innere in ein unwirkliches Licht. Als Schulte an der reich geschmückten barocken Kanzel aus hellem Stein zu seiner rechten vorbeiging, fiel sein Blick auf die entrückten Gesichter der Mariendarstellungen. Er fühlte sich leicht unwohl.

„Guten Morgen!" erhallte eine angenehme Stimme. „Sie müssen Kommissar Schulte sein." sagte der Pfarrer und streckte milde lächelnd seine rechte Hand aus. Schulte drehte sich ruckartig um.

„Herr Pfarrer? Äh..."

„Matthei, Peer Matthei ist mein Name, ich bin Pfarrer der St. Petri-Pauli-Gemeinde und Vorsitzender des Presbyteriums, wir hatten telefoniert, wenn ich nicht irre?"

Schulte war erstaunt, einen leger gekleideten Herrn vorzufinden. Er schätzte ihn auf Anfang sechzig, mit seinen Knitterfältchen um die Augen und dem weißen

Haar. Matthei bemerkte seinen verstörten Blick und erklärte:

„Wir haben heute keinen Gottesdienst. Eigentlich wäre ja gestern um dreiundzwanzig Uhr noch unsere Christnacht gewesen. Aber nachdem Herta..."

Tränen stiegen ihm in die Augen.

„So ein tragisches Ende." flüsterte er kopfschüttelnd. „Ein Schock für die gesamte Gemeinde. Haben Sie die Blumenkränze und Grablichter am Südportal gesehen? Ich hatte noch überlegt, meine Christnacht-Predigt zu ändern, gewissermaßen an die Situation anzupassen, aber die zwölf Mitglieder des Presbyterium hatten in einer sofort einberufenen Sondersitzung beschlossen, die Christnacht abzusagen. Einen solchen Vorfall hatten wir noch nie in unserer tausendjährigen Geschichte. Abgesehen von 1945, als zwischen St. Patrokli und St. Petri die Luftmine niederging. Und 1702, da zerstörte ja ein Blitzschlag den Turm und mit ihm die Glocken. Wissen Sie, wir haben eine äußerst reiche Geschichte, 1152 hat sogar Kaiser Barbarossa unsere Kirche besucht."

Schulte schwirrte der Kopf.

„Entschuldigen Sie, ich gerate ins Plappern, wissen Sie, das macht mich doch alles sehr nervös."

„Ach ja?" fragte Schulte und überlegte, ob die Nervosität noch eine andere Ursache hatte.

„Kommen Sie, wir setzen uns, Sie haben sicher einige Fragen an mich." sagte Matthei und leitete ihn zurück in Richtung Eingang. Am Säulengang bog er nach links ab und wies auf eine einladende, aber extrem exponierte Sitzgelegenheit: Die gepolsterte Sitzbank hatte einen hohen Baldachin aus dunklem Holz und stand leicht angewinkelt in den Raum hinein, auf den Altar blickend. Davor leuchtete ein vielarmiger Kerzenständer in Form eines Dornbuschs.

„Danke." sagte Schulte und setzte sich, ohne sich anzulehnen. „Es tut mir leid, ich habe gehört, Sie und das Opfer standen sich nah?"

„Ja, Herta war jahrzehntelang ein sehr aktives Gemeinde-Mitglied. Sie hat ja neben der Chorleitung auch an unserer Konzertreihe mitgewirkt und in unseren

Kinderkreisen die musikalische Früherziehung angeleitet. Auch bei unserem internationalen Frauentreff war sie fast jeden Mittwoch dabei. Eine sehr engagierte Frau. Unersetzlich ehrlich gesagt. Sie wird eine große Lücke hinterlassen." berichtete der Pfarrer.

„Interessant. Und privat? Da haben Sie sich doch sicher auch gut verstanden?"

„Wie meinen Sie das? Es fällt mir etwas schwer, die Gemeindearbeit von meinem Leben als solchem zu trennen, das ist sicher bei anderen Berufen etwas anderes, aber ich lebe ja meine Berufung, Sie verstehen? Und viele Aktivitäten laufen bis in die Abendstunden. Herta ist jedoch schon mehrfach auf unsere diakonischen Exkursionen mitgefahren. Wir sammeln Spenden für verschiedene Entwicklungshilfe-Projekte in Afrika. Einmal im Jahr besuche ich die Projektpartner vor Ort, um die Spenden zu übergeben. Herta war eine weitsichtige und großherzige Person, der das Elend in der dritten Welt sehr zugesetzt hat. Sie wollte tun, was sie konnte, um die Welt gerechter zu machen." erläuterte Matthei.

„Und da sind Sie sich dann auch persönlich näher gekommen?“ fragte Schulte.

„Ja, sicher. Wenn man die Dankbarkeit und Freude der Ärmsten der Armen erlebt, das berührt einen tiefer als alles andere. Bei allem Leid spüren sie doch solche Lebenslust und ja, auch Großzügigkeit, in ihren Möglichkeiten. Solche Erlebnisse der Menschlichkeit, über alle sprachlichen und kulturellen Grenzen hinweg, schaffen ein starkes Band zwischen den Beteiligten.“

„Äh, ja, und war da auch Liebe im Spiel?“ presste Schulte verunsichert von der kryptischen Ausdrucksweise des Pfarrers hervor.

„Eine große Liebe, so kann man es sagen. Wer Gott im Herzen trägt, so wie Herta, der verteilt die Liebe großzügig an die Bedürftigen.“

„Verstehe.“ entgegnete Schulte. Langsam wurde es peinlich, er war wohl auf dem Holzweg, was amouröse Aktivitäten unter den beiden Alten anging. Sowieso eine absurde Vorstellung. „Erzählen Sie mir doch bitte genau, was gestern geschah. Waren Sie mit auf dem Turm, als Frau Schneider hinabstürzte?“

„Nein, der Chor geht üblicherweise bereits während der Christvesper nach oben, so dass das Gloriasingen direkt im Anschluss an unseren Gottesdienst beginnen kann. Ich stand daher noch auf der Kanzel.“

„Aber Sie haben Frau Schneider vor dem Unglück noch gesprochen?“

„Sicher, Sie kam schon vor der Christvesper mit dem Chor, wir haben uns wie immer herzlich begrüßt.“

„Und ist Ihnen irgendetwas Ungewöhnliches aufgefallen an ihrem Verhalten? Wirkte sie nervös oder belastet?“

„Nein, sie freute sich natürlich wie jedes Jahr sehr auf diesen Höhepunkt des Festes. Aber jetzt wo Sie es sagen, sie war etwas blass und hatte wohl auch Kopfweh, jedenfalls konnte ich sehen, dass sie sich die Schläfen massierte, als sie hinten mit den Kindern wartete. Ich habe gedacht, sie wird sich wohl erkältet haben, die Gute. Das ist ja nicht ungewöhnlich im Dezember.“

Die Tür fiel quietschend ins Schloss. Vier Herren traten ein.

„Oh, da kommen ja unsere Bläser." sagte der Pfarrer. Christian Stussek, Herbert Achendorf, Meinolf Deelke und Stefan Biese traten wortlos näher und umarmten nacheinander den Pfarrer. Alle wirkten erschüttert und übernächtigt.

„Kommissar Schulte, Kreispolizeibehörde Soest" stellte sich Schulte vor, sprang auf und schüttelte ihnen die Hände. „Es freut mich, dass Sie alle zusammen kommen konnten. Das dient der Rekonstruktion der gestrigen Geschehnisse ganz enorm. Ich möchte gerne, dass Sie mir ganz genau zeigen, wie das Gloriasingen abgelaufen ist. Sie haben sich alle zur Christvesper schon getroffen?"

„Ja." antwortete Meinolf Deelke, während alle nickten. „Wir warteten während des Gottesdienstes in den hinteren Reihen, zusammen mit den Kindern, und gingen kurz vor Ende der Vesper hoch auf den Turm."

„Dann zeigen Sie mir doch bitte ganz genau, wer wo gestanden hat." forderte Schulte sie auf.

Die Gruppe setzte sich in Bewegung, der Pfarrer schloss die Tür zur Turmtreppe auf und gemeinsam stiegen sie die ausgetretene steinerne Wendeltreppe hinauf. An der Empore mit der Orgel hielt Meik Schulte kurz inne.

„In welcher Reihenfolge sind Sie denn hochgelaufen? Wer stand direkt beim Opfer?“

„Frau Schneider ist immer vorneweg gelaufen mit den Kindern. Der Chor stellt sich unten schon genauso auf, wie gesungen wird: Sopran eins, Sopran zwei und als letztes der Alt. Wir Bläser sind die Nachhut.“ erklärte Deelke.

„Das heißt, keiner von Ihnen lief unmittelbar hinter Frau Schneider?“ ärgerte sich Schulte.

„Genau.“ erwiderte Deelke schulterzuckend.

Sie stiegen die nächste Wendeltreppe hinauf, gefolgt von einer noch engeren, steilen Holztreppe, vorbei an den Glocken. Schulte hoffte, dass sie nicht anfingen zu läuten. Das Gehölz knarrte bei jedem Schritt und wirkte wenig vertrauenerweckend. Alles war sehr beengt und eindeutig nicht dafür gedacht, von derart vielen Leuten begangen zu werden. Oben öffnete Matthei die kleine Holztür und sie traten hinaus in die Kälte auf die Balustrade. Der Wind pfiff eisig. Schulte war außer Puste.

„Wie kann denn eine Dreiundsiebzigjährige hier hochsteigen, ohne auf dem letzten Loch zu pfeifen?" echauffierte er sich. Die Bläser lächelten verlegen. Peer Matthei blinzelte Schulte verschmitzt zu und brabbelte etwas von Nordic Walking.

„Wo genau hat denn nun Frau Schneider gestanden, als es losging?" Deelke wies auf die dem Platz seitlich abgewandte Ost-Seite.

„Und dann gehen wir im Uhrzeigersinn nach jeder Strophe zur nächsten Seite, also nach Süden, dann Westen und schlussendlich Norden".

Gemeinsam schritten Sie Seite um Seite ab. Der größte Teil der Fläche wurde vom quaderförmigen Turmspitzensockel eingenommen. An den Ecken erhoben sich die Seitenwände gefährlich, so dass man die Füße anheben musste, um nicht hängenzubleiben. Der Boden war uneben und provisorisch mit winzigen Holzlatten ausgelegt. Es war unglaublich eng, um die Turmspitze herum konnte man kaum einen Fuß vor den anderen setzen. Schulte war froh, dass er keine Ledersohlen anhatte. Mühsam unterdrückte er seine Höhenangst. Auf einmal peitschte der Wind ihm regelrecht um die Ohren und er klammerte sich an die Balustrade. Er musste erstmal tief durchatmen, bevor er weitergehen konnte.

„Und an dieser Stelle ist sie dann gestürzt." Deelke zeigte auf die Ecke. „Sie muss genau in dem Moment gefallen sein, als alle in Bewegung waren, sonst hätten wir sie ja im Blick gehabt."

Die Balustrade war zwar recht hoch, aber die Abstände zwischen den steinernen Streben waren deutlich breiter als erwartet. Eine zierliche Frau, die ausrutscht und in der Dunkelheit das Gleichgewicht verliert, könnte vermutlich tatsächlich hindurchpassen. Oder sich absichtlich hindurchquetschen.

„Wahrscheinlich wollte sie vermeiden, aufgehalten zu werden." sagte Schulte.

„Meinen Sie etwa, sie ist absichtlich gesprungen? Das ist doch absurd.“ entgegnete Matthei. „Es war glatt und vielleicht war die Erkältung doch zu viel, sie muss einen Schwächeanfall gehabt haben.“

„Nun, sie hat einen eindeutigen Abschiedsbrief hinterlassen. Sie hatten keine Ahnung von Ihren Depressionen und Selbsttötungsabsichten?“ fragte Schulte.

Matthei schlug die Hände vors Gesicht. Die Bläser schauten betreten zu Boden.

„Im Übrigen finde ich es unverantwortlich, diesen Turm öffentlich begehen zu lassen, zumal von Kindern. Sehen Sie doch, die Abstände in der Balustrade sind viel zu groß, sie muss hindurchgestiegen sein.“ Schulte zeigte auf die große Lücke in der Ecke.

„Moment mal!“ sagte Peer Matthei. „Wo ist denn der Sicherungsdraht? Hier verläuft eigentlich auf halber Höhe ein stabiler Metalldraht, der die Lücke absichert.“

„Interessant!“ sagte Schulte. „Wer hat denn Zugang zum Turm? Wann haben Sie denn den Draht das letzte Mal kontrolliert?“

„Das ist so eine Sache. Der Schlüssel hängt bei mir im Büro an der Wand. Das wissen alle, die in der Kirche zu tun haben. Wir benutzen den Turm aber nur zweimal im Jahr. Beim Gloriasingen und beim Tag der offenen Tür im Sommer. Da war der Draht bestimmt noch da. Aber meine Hand ins Feuer kann ich dafür nicht legen.“

„Sie meinen also, fast jeder kann hier hochkommen und den Draht entfernt haben?“

„Nun ja, mein Büro ist nicht verschlossen.“

Die Spurensicherung würde unmöglich Fingerabdrücke auf dem Grünsandstein nehmen können. Dazu war er viel zu porös. Und auch an den Holztüren hatten all die Kinderhände ihre Spuren hinterlassen.

„Es kann aber auch sein, dass der Draht schon länger fehlte?“ fragte Schulte nochmal.

„Im Prinzip schon.“ antwortete der Pfarrer nachdenklich.

„Meine Herren, wann waren Sie das letzte Mal vor der Tat hier oben?“ fragte Schulte nun, an die Bläser gewandt.

„Vor genau einem Jahr, beim letzten Gloriasingen.“ antwortete Deelke. Stussek, Achendorf und Biese nickten nur.

Befangen stiegen sie hinab.

Im Kirchenschiff angekommen, nahm Schulte von allen Bläsern auf, seit wann sie Herta kannten, wie oft sie bereits beim Gloriasingen mitgemacht und ob sie einen Hinweis zum Verbleib des Drahtes hatten. Es ergaben sich aber keine erhellenden Erkenntnisse. Keiner konnte sich erinnern, den Draht in der Tatnacht oder überhaupt jemals zuvor bemerkt zu haben.

Beim Hinausgehen bemerkte Schulte die reich verzierten Grabplatten am Fußboden des Kircheneingangs.

„Wie alt sind denn diese Gräber?“

„Dieses hier ist von 1707. Aber hier sehen Sie nur einen kleinen Ausschnitt. Rund um die Kirche waren jahrhundertelang Friedhöfe angelegt. Unter dem Petrikirchhof liegen die Toten noch immer in mehreren Schichten. Das ist den wenigsten bewusst."

Mit einem leichten Schaudern ging Schulte über unzählige Gebeine hinweg zu seinem Auto.

10.

„Ein Ding ist bestimmt durch sein Wesen. Um es so zu gestalten, daß es richtig funktioniert ..., muß sein Wesen zuerst erforscht werden; denn es soll seinem Zweck vollendet dienen,..."

Walter Gropius / László Moholy-Nagy: Neue Arbeiten der Bauhauswerkstatt, München 1925

Eva war aufgebracht. Nachdem sie vom Café nach Hause gekommen war, eröffnete ihr ihre Mutter, dass Kommissar Schulte einen Abschiedsbrief gefunden hatte. Nun würde er die Ermittlungen bestimmt einstellen, fürchtete sie. Sollte sie tatsächlich diesen Privatdetektiv beauftragen, eigene Nachforschungen anzustellen? Sie fühlte sich machtlos, traurig und gleichzeitig wütend. Dieser Kommissar kannte Tante Herta nicht und war offensichtlich nicht bereit, zu hinterfragen, was hier abgelaufen war. Wie konnte er so schnell aufgeben? Aus Evas Sicht war Herta immer eine starke, kluge Frau gewesen. Ganz im Gegensatz zu ihrer Mutter. Sie konnte sich beim besten Willen nicht vorstellen, dass sie Selbstmord begangen haben könnte. Oder war dieses Gefühl nur ihrer eigenen Betroffenheit und Trauer zuzuschreiben? Wollte sie es einfach nicht wahrhaben? Ihre Mutter Marlies schien zumindest kein Problem mit dieser Vorstellung zu haben. Andererseits würde sie es sich immer vorwerfen, wenn sie die Gelegenheit, Tante Hertas Mörder zu finden und ihr Gerechtigkeit widerfahren zu lassen, nicht genutzt hätte. Sie konnte nicht begreifen, wie ihre Eltern so gleichgültig sein konnten.

Also rief sie Nick an. Wenig später klingelte Nick an der Tür zu Evas Elternhaus.

„Hello, es freut mich, dass Sie sich gemeldet haben." sagte Nick und trat ein.

„Danke, dass Sie so schnell kommen konnten." erwiderte Eva.

„Ein sehr schönes Haus haben Sie da, sehr ungewöhnlich." sagte Nick.

„Ja, es ist allerdings das Haus meiner Eltern. Ich lebe schon lange in Berlin und bin nur zu Besuch hier. Das

Haus ist eine der drei Bauhaus-Villen in Soest, deshalb hat es diese kubische Form. Mein Großvater hat es 1929 von Bruno Paul, einem der führenden Architekten der 1920er Jahre errichten lassen. Kommen Sie doch herein, möchten Sie etwas trinken?“

„Oh ja, sehr gerne, hätten Sie vielleicht einen Darjeeling-Tee?“

„Äh, da muss ich mal nachschauen, meine Eltern sind eher Kaffee-Trinker. Kommen Sie doch am besten mit in die Küche.“ Eva durchwühlte verschiedene Schränke. Dumm, dass ihre Mutter gerade zum Kaffeetrinken zur Nachbarin gegangen war. Andererseits war sie froh, ihre Ruhe zu haben. Ihr Vater hatte Notdienst in der Apotheke. Tatsächlich fand sie eine Box mit verschiedenen Teebeuteln.

„Mal sehen, hier habe ich eine Schwarztee-Mischung mit Kirscharoma, mögen Sie das?“

„Dann doch lieber ein Wasser.“ antwortete Nick, sich innerlich windend.

Sie setzten sich im Wohnzimmer auf die cremefarbene Sofalandschaft.

„Ich hoffe, Sie können mir helfen!“ setzte Eva an.

„Sie wissen ja bereits, dass meine Tante Herta vom Petrikirchturm gefallen ist. Die Ermittlungen werden von Kommissar Schulte geleitet. Er geht von Selbstmord aus, angeblich hat er in der Wohnung meiner Tante Antidepressiva und einen Abschiedsbrief gefunden.“

„Aber Sie glauben nicht an diese Theorie?“ fragte Nick.

„Nein,“ entgegnete Eva, „meine Tante war eine unternehmungslustige, selbstbewusste Frau, sie war vielleicht manchmal streitlustig, aber ich habe nie den Eindruck gehabt, sie sei lebensmüde.“

„Und wie könnte es stattdessen abgelaufen sein? Haben Sie einen Verdacht?“ fragte Nick.

„Nun, es muss sie ja wohl jemand gestoßen haben.“ behauptete Eva.

„Fühlte sich Ihre Tante denn in letzter Zeit von jemandem bedroht?“ fragte Nick.

„Ich weiß es nicht, dazu bin ich zu selten hier, aber wir könnten ihre Freundin Luise fragen. Die beiden kennen, ich meine kannten, sich seit dreißig oder vierzig Jahren und haben sich jede Woche getroffen.“

„Das wäre gut. Meinen Sie, es gäbe auch eine Möglichkeit, in die Wohnung Ihrer Tante zu gelangen? Es ist immer wichtig, sich selbst ein Bild zu machen und nichts verrät so viel über einen Menschen, wie seine Wohnung.“ erklärte Nick.

„Leider hat mein Vater seinen Schlüssel Kommissar Schulte überlassen, ich weiß nicht, wann wir den Schlüssel zurückbekommen.“

Nun, zur Not hatte Nick andere Methoden, die Wohnung zu öffnen.

„Haben Sie den Abschiedsbrief zu sehen bekommen? Was genau waren ihre letzten Worte?“

„Ich bin nicht sicher, Herr Schulte wollte heute Abend vorbeikommen, wenn mein Vater da ist, da wird er ihn uns sicher zeigen.“

„Kennen Sie Hertas Schrift? Es ist immerhin möglich, dass jemand den Selbstmord fingiert hat.“

„Meinen Sie? Ich habe jede Menge Postkarten von ihr in Berlin, sie war oft auf Reisen in letzter Zeit. Vielleicht hat meine Mutter ja auch eine bekommen, warten Sie mal.“

Eva ging zum Sideboard, auf dem viele gerahmte Fotos und einige Weihnachtskarten standen.

Tatsächlich, diese Weihnachtskarte ist von Tante Herta: Ein Frohes Fest und eine friedvolle Weihnachtszeit wünscht Herta. Mehr steht nicht drauf. Aber hier, die Karte aus Thailand, da war sie ja erst im November."

Sie reichte Nick die Karte. Sonnengegerbte, zahnlos grinsende Marktfrauen mit spitzen Strohhüten boten exotisches Obst und Gemüse aus kleinen Booten heraus feil – die schwimmenden Märkte von Bangkok.

„Bitte machen Sie ein Foto vom Abschiedsbrief, dann können wir die Schriftprobe vergleichen. Die Polizei wird mir keine Beweisstücke aushändigen. Ich möchte offen zu Ihnen sein, normalerweise bearbeiten Privatdetektive keine Mordfälle. Aber ich habe einige Erfahrung im verdeckten Ermitteln und jede Menge Kontakte, auch zu einem Graphologen zum Beispiel."

„Sie sind meine einzige Hoffnung, ich wüsste nicht, an wen ich mich sonst wenden sollte."

Eva unterdrückte die bereits wieder aufsteigenden Tränen.

„Ich erwarte auch nicht, dass Sie einen Mörder in Handschellen abführen. Es reicht mir schon, wenn Sie überprüfen, ob ein Selbstmord wirklich wahrscheinlich ist. Dann kann ich ruhigen Gewissens nach Berlin zurückkehren. Momentan erscheint mir das einfach zu unrealistisch und außer mir scheint niemand ein echtes Interesse an der Aufklärung des Falls zu haben."

Eva knetete das Taschentuch in ihrer Hand.

„Sobald wir genügend Indizien zusammengetragen haben, informieren wir natürlich den Kommissar, die weiteren Schritte müsste er dann einleiten. Aber ich bin zuversichtlich, dass ich einiges an dunklen Hintergründen für Sie ans Tageslicht bringen kann, wenn man so sagen kann."

Nach all den Jahren tat sich Nick doch noch schwer mit einigen Redewendungen und hoffte, dass sein Charme seine manchmal hölzerne Verbalisierung wettmachte.

Erleichtert lächelte Eva ihn an.

„Wissen Sie, in welcher Apotheke Ihre Tante ihre Medikamente zu bestellen pflegte? Dort könnten wir nachforschen, ob sie tatsächlich Antidepressiva nahm."

„Nichts leichter als das, sie kam natürlich immer in die Apotheke meines Vaters. Sollen wir vielleicht zusammen hingehen?“

„Exzellent, so machen wir es. Vereinbaren Sie doch bitte auch einen Termin bei Hertas Freundin, vielleicht können wir direkt im Anschluss zu ihr?“

Während Eva die Nummer raussuchte, betrachtete Nick die Einrichtung. Die ungewöhnlich großen Holzsprossenfenster und die großzügig geschnittenen Räume ließen das Innere angenehm hell wirken. Zwischen den bürgerlich wirkenden Möbeln – sicher aus dem Möbelhaus im Gewerbegebiet – hoben sich vereinzelt herausragende Jugendstil-Objekte ab, so zum Beispiel eine schlanke und doch muskulöse Frauenskulptur in Tunika mit einem Pfeil-Köcher auf dem Rücken in schwarz-gold. Nick war kein Kenner, aber er hatte so etwas schon in den Schaufenstern der Antiquitätengeschäfte in Knightsbridge gesehen. Er tippte auf Ebenholz mit Blattgold.

„Ihr Vater muss ein sehr erfolgreicher Apotheker sein, um sich derartige Antiquitäten leisten zu können.“ sagte er Eva zugewandt, die gerade mit dem Telefon zurückkam.

„Ach nein, das sind ein paar Erbstücke von meinem Großvater. Als ich klein war, habe ich mich immer geärgert, dass ich an den Wochenenden bei Opa und Oma im Haus nicht toben durfte, aber als Opa 1988 starb, sind wir selbst hier eingezogen. Oma war da schon im Pflegeheim.“

„Und Ihr Großvater war vermögend?“ fragte Nick.

„Na ja, er war Pharmazeut und hat wohl vor dem Krieg gut verdient, das Haus bauen lassen und dann später die Apotheke gegründet. Er kam übrigens auch aus Berlin, ist aber schon in den zwanziger Jahren nach Soest gezogen. Zum Glück, denn durch die ganze Landwirtschaft in der Soester Börde und die wenige Industrie gab es hier im Krieg genug zu Essen und vergleichsweise wenige Angriffe, abgesehen von der Bombardierung der Möhnetalsperre und des Bahnhofs. Das Großstadtleben hat ihm auch nie gefallen, genau wie meinem Vater, der ist immer noch böse auf mich, dass ich nach Berlin gezogen bin. Wie hat es Sie denn von England nach Soest verschlagen?“ fragte Eva. Nick gefiel ihr. Er sah irgendwie elegant aus, wie er die Hand über die Skulptur gleiten lies, gleichzeitig zeugte sein knackiger Hintern, der sich in der Jeans abzeichnete, von einigem Training.

„Well, wie die meisten Engländer bin ich als Soldat hergekommen und dann hängengeblieben. Irgendwie habe ich die deutsche Mentalität liebgewonnen. Dieses Geradlinige. Man kommt ohne Umschweife auf den Punkt. So wie Sie mich eben einfach gefragt haben, was Sie wissen wollen: Das wäre in England nicht üblich. Da muss man erstmal drei Tassen Tee lang über das Wetter, das Befinden und gerne auch über das Königshaus reden, bevor man mit der Sprache rausrückt." antwortete Nick schmunzelnd.

„Das ist ja interessant," sagte Eva, „dann können Sie in Deutschland sicher auch ihre Fälle viel schneller klären als daheim."

„Da sehen Sie es wieder: Die Deutschen denken immer an Effizienz. Noch ein bemerkenswerter Unterschied, der manches im Leben einfacher macht."

„In diesem Sinne: Ich konnte Luise Kaufmann erreichen, sie ist in ihrer Galerie und erwartet uns."

antwortete Eva, erfüllte damit Nicks Erwartung und zog lächelnd Mantel und Stiefel an.

Die Galerie lag gleich am Rathaus und war fußläufig von der Bauhaus-Villa zu erreichen. Das ersparte Nick die unangenehme Situation, Eva eine Fahrt in seinem leicht vermüllten Rover zumuten zu müssen. Auf längeren Autofahrten oder Observierungen, die einen Großteil seiner Tätigkeit ausmachten, pflegte er Digestive Biscuits zum Tee zu knabbern, eines seiner wesentlichen Grundnahrungsmittel seit frühester Kindheit. Krümel fanden sich daher in allen Ritzen, während meist zwei bis drei leere Schachteln zusammengeknüllt im Fußraum des Beifahrerplatzes ihr Dasein fristeten. Sie betraten die Altstadt durch das Osthofentor, das letzte erhaltene Stadttor von 1594, dass inzwischen ein Museum beherbergte. Gerade als Nick die sich langsam zwischen ihnen ausbreitende Schweigsamkeit mit einem weltgewandten Statement auflockern wollte, klingelte sein Handy.

„Damn it, meine Mutter! Entschuldigen Sie bitte, ich muss kurz drangehen. - Hello Mum. Yes, I know. No, I need to stay in Soest, I´m investigating a new urgent case. Listen, I´ll call you back as soon as I know when I´ll be able to come, okay? Bye Mum, bye for now."

Eva schaute ihn mit leichter Verwunderung an. Nick warf ihr ein zerknirschtes, schiefes Grinsen zu und wechselte schnell das Thema:

„Was können Sie mir denn sonst noch über Ihre Tante erzählen. Was war sie für ein Mensch? Hatte sie Feinde?"

„Oh nein, sie war eine absolut hilfsbereite Person. Sie hat neben der Arbeit mit dem Kinderchor auch noch anderweitig in der Kirchengemeinde mitgewirkt. Sie hatte immer ein ausgeprägtes Gerechtigkeitsempfinden. Das hat sie leider auch häufig gegen meinen Vater aufgebracht, der hat sich nur lustig gemacht über ihr Engagement für Kunst und Kirche. „Küche, Kinder, Kirche, und wenn sie keine Kinder kriegen können, dann eben Kunst" hat er immer gesagt. Er ist leider ein elender Macho. Ich frage mich oft, wie meine Mutter das aushält." sagte Eva.

Und deshalb bin ich lieber Single, fügte sie in Gedanken hinzu. Sie überquerten den Vreithof mit seinen idyllischen Fachwerkhäusern und erreichten ihr Ziel. Als sie die Galerie betraten, wurden sie sofort von einer kleinen, energetischen alten Dame mit langen weißen Haaren, dunklen Wimpern und rotgeschminkten Lippen begrüßt.

„Eva, wie schön dich zu sehen, das ist aber lange her." rief sie. Ein kleiner Mops sprang ihr um die Füße.

Warum müssen eigentlich alle Möpse haben in letzter Zeit, fragte sich Nick. Er hatte für Haustiere nicht viel übrig, aber Hunde verabscheute er ganz besonders. Und der Mops an sich mit seinen Glubschaugen und speckigem Nacken trieb die Überzüchtung seiner Ansicht nach schier auf die Spitze. In der Hoffnung, das Tier würde ihm nicht zu nahe kommen, betrat er den Hauptsaal der Galerie.

„Luise, das ist Nicholas Reeves, Privatdetektiv." stellte Eva ihr Nick vor.

„Oh, wie der Ägyptologe?" fragte Luise.

„Hello, ja, genau." nickte Nick.

„Wie, welcher Ägyptologe?" fragte Eva.

„Kind, Du solltest öfter eine anständige Zeitung lesen, in Berlin habt ihr doch wahrlich genug Auswahl! Der Forscher Reeves hat kürzlich im Tal der Könige eine geheime Grabkammer entdeckt, in der er die Mumie der Nofretete vermutet. Die kennst Du doch bestimmt, ihre Büste steht schließlich in Berlin auf der Museumsinsel." schalt sie Luise.

„Wie spannend!" antwortete Eva und warf Nick einen faszinierten Blick zu.

„Ich hab sie nicht ausgegraben." wiegelte Nick ab. Frauen..., stöhnte er innerlich.

„Also, ich habe ein paar Fragen zu Herta Schneider. Sie waren ja gut befreundet. Was halten Sie von den Umständen ihres Todes? Hat sie sich vorher irgendwie auffällig verhalten? Hat sie von Selbstmordabsichten gesprochen?"

„Herta? Um Himmelswillen, nein. Sie hatte doch gerade erst ihre nächste Reise geplant. Sie wollte nach Brasilien, die Iguacu-Fälle sehen und ins Opernhaus in Manaus. Wie kommen Sie denn nur darauf?"

„Luise, sie hat einen Abschiedsbrief hinterlassen. Papa sagt, sie hätte sogar Antidepressiva genommen."

„Aber sie war doch immer so unternehmungslustig. Wir waren ja fast jede Woche im Schlachthof zum Arthouse-Kino oder einem Konzert und sind bestimmt einmal im Monat nach Köln oder Düsseldorf ins Museum gefahren. Sie wird mir so fehlen."

„Mit wem wollte sie denn nach Brasilien fliegen? Hatte sie die Reise schon gebucht?" fragte Nick.

„Sie wollte mit Peer fahren. Aber sie war eine sehr selbständige Person, notfalls wäre sie auch alleine geflogen. Ich verreise ungern, da müsste ich meine Galerie schließen."

„Peer?" fragte Nick.

„Peer Matthei, unser Pfarrer aus der Petrikirche. Die beiden haben sich gut verstanden."

„Interessant. Sind die beiden schon öfter zusammen verreist?"

„Nein, nur einmal nach Afrika, das war eine Reise der Gemeinde. Herta war so begeistert, das war die erste Fernreise ihres Lebens, da ist sie richtig aufgeblüht. Sie hatte sich dann vorgenommen, noch so viele Länder wie möglich zu bereisen in ihrem Leben. Leider hat sie es dann doch nur noch nach Thailand geschafft." erklärte Luise.

„Und auf Ihren gemeinsamen Kulturerlebnissen, worüber haben Sie sich da meistens unterhalten?"

„Natürlich über die Künstler und ihre Werke." Luise sah ihn verständnislos an.

„Aber sie waren doch Freundinnen, da redet man ja auch über private Dinge. Über Männer vielleicht, oder die Familie oder irgendwelche Sorgen?"

„Schon, ja, aber ehrlich gesagt fanden wir es unterhaltsamer, über Kunst, Literatur und Politik zu sprechen. Das war das Wunderbare, das Unersetzliche an unserer Freundschaft. Wissen Sie, bedauerlicherweise präferieren die meisten Frauen, ihre Lebenszeit mit Banalitäten wie Shopping, Klatsch, ihren hausfraulichen Pflichten und Dienst am Ehemann zu vertun. Wir sind beide kinderlos geblieben, das machte es natürlich einfacher. Wir haben viel über die Position der Frau in der Gesellschaft diskutiert. Und zu Peer und Luise: Die beiden waren glücklich, sich gefunden zu haben. Sie hatten eine sehr reife, zwanglose Beziehung. Ansonsten, na ja, Eva, Du weißt ja, wie sie zu deinem Vater stand. Seit ihr Vater Willi gestorben war, konnten sie sich noch weniger leiden als vorher. Es war auch wirklich nicht korrekt, dass sie nur den Pflichtteil des Erbes zugesprochen bekam. Immerhin hatte dein Vater ja schon die Nachfolge in der Apotheke angetreten, und dann noch das Haus zu erben, das war eine Ungerechtigkeit, die sie nie akzeptieren konnte. Aber deswegen bringt man sich doch nicht um, erst recht nicht so viele Jahre später."

„Haben Sie denn irgendetwas Besonderes bemerkt in letzter Zeit? Fühlte sie sich bedroht oder hat sich irgendwie auffällig verhalten?"

„Also ich würde sogar sagen, dass sie in letzter Zeit besonders energiegeladen war. Selbstsicher war sie ja schon immer, aber inzwischen irgendwie zufriedener, in sich ruhend sozusagen. Das ist das Schöne am Älterwerden, wissen Sie, junger Mann?

„Vielen Dank. Eva, ich glaube, wir sollten dem Pfarrer einen Besuch abstatten. Sind Sie die nächsten Tage gut zu erreichen? Ich habe bestimmt noch ein paar Fragen an Sie."

„Aber sicher. Ich helfe, wo ich kann. Bitte finden Sie den Mörder..."

Nach wenigen Metern erreichten sie die Kirche.

„Achtung mit der Stufe!“ warnte Nick Eva, nachdem er das Schild am Eingang bemerkt hatte und hielt ihr die schwere Tür auf. Eva warf ihm einen dankbaren Blick zu. Wann hatte ihr eigentlich das letzte Mal jemand die Tür aufgehalten? Das musste schon Jahre her sein. Unweigerlich fragte sie sich, ob am Klischee vom britischen Gentleman tatsächlich was dran war und nahm sich vor, das herauszufinden.

Der Pfarrer stand nachdenklich am Altar, als er die beiden bemerkte, die schnurstracks auf ihn zugingen.

„Lass mich mal…“ flüsterte Eva Nick zu und reichte dem Pfarrer die Hand. Erfreut registrierte Nick, dass sie ihn geduzt hatte. Das machte die Zusammenarbeit immer deutlich einfacher. Als Engländer tat er sich immer noch schwer mit der deutschen Neigung zur exzessiven Deklination von allerlei Personalpronomen.

„Entschuldigen Sie,“ sagte Eva, „ich bin Hertas Nichte und das ist Privatdetektiv Nick Reeves. Wir haben eben von Luise Kaufmann von Ihrer Beziehung zu meiner Tante erfahren. Können wir Sie bitte kurz sprechen?“

„Aber sicher. Bitte folgen Sie mir doch in mein Büro." antwortete Peer Matthei betreten und ging voran. Nick warf Eva einen anerkennenden Blick zu.

Als sie die Kirche verließen, dämmerte es bereits. Peer Matthei hatte zunächst verstört gewirkt und dann um Vertraulichkeit gebeten, aber Evas gewinnendes Wesen und der Umstand, dass sie mit Herta verwandt war, hatten ihn dazu veranlasst, unerwartet freimütig über die späte, aber äußerst beglückende sexuelle Erfahrung mit Herta zu berichten. Eva wurde allmählich klar, wie wenig sie von ihrer Tante gewusst hatte.

„Dann hat mein Vater also recht gehabt mit seiner Behauptung." sagte sie nachdenklich.

„Well, nicht ganz, nachdem was du erzählt hattest, war dein Vater der Meinung, dass der Pfarrer kein Interesse an einer Beziehung zu ihr hatte. Aber er hatte ganz im Gegenteil großes Interesse."

„Also hatte er zumindest kein Motiv, sie loswerden zu wollen."

„Oder doch. Vielleicht wollte sie ihn ja verlassen? Oder die Beziehung publik machen?"

„Aber wir leben doch nicht mehr im 19. Jahrhundert. Das ist eine evangelische Kirche, da muss der Pfarrer schließlich nicht keusch leben."

„Auch wieder wahr." bestätigte Nick. „Jetzt sollten wir noch der Apotheke einen Besuch abstatten, bevor sie schließt."

Sie gingen durch die Fußgängerzone zur Bahnhofs-Apotheke. Plötzlich drückte Eva Nick an die Hauswand.

„Lass mich erstmal checken, ob mein Vater noch Dienst hat. Ich möchte nicht, dass er weiß, dass ich dich beauftragt habe. Damit wäre er garantiert nicht einverstanden." flüsterte Eva, während Nick sie erstaunt betrachtete. Dann ging Sie zum Schaufenster der Apotheke und lugte hindurch.

„Sturmfrei!" grinste sie und gemeinsam betraten sie die Apotheke.

„Hallo, Susi."

„Hallo, Eva. Mensch, das tut mir ja Leid mit deiner Tante." erwiderte die pharmazeutisch-technische Assistentin. „Suchst Du deinen Vater? Der ist gerade wieder nach Hause, er hat wohl einen Termin mit der Polizei."

„Ach, ich wollte eigentlich nur ein paar Hustenbonbons kaufen." sagte Eva und griff in die Auslage am Tresen. „Sag mal, Susi, Papa sagte, meine Tante hätte Antidepressiva genommen. Das hat mich total geschockt, das wusste ich gar nicht. Weißt Du was davon?" fragte Eva.

„Keine Ahnung, aber sie hatte ja eine Kundenkarte, da kann ich das direkt im System nachschlagen, warte mal." Konzentriert schaute sie in den Monitor.

„Nein, ich finde hier nur Hustenlöser, Halsschmerzmittel, Aspirin und mehrere Hühneraugenpflaster. Ach, ich erinnere mich, damit hatte sie große Probleme, sie kam die letzten zwei Wochen mehrmals deswegen. Hat immer direkt hier ihre Strümpfe runtergerollt und ein neues Pflaster draufgeklebt. Dein Vater hat ihr dann extra noch vor Weihnachten hinten im Labor eine Rezeptur angefertigt, weil es so hartnäckig war."

„Okay, dann danke für die Auskunft."

„Aber gerne. Macht einsneunundneunzig für die Hustenbonbons. Übrigens: Schicken neuen Freund hast Du da." zwinkerte Susi ihr zu.

Verlegen verließen sie die Apotheke.

11.

„We are family, heyeyeyeyiiiey"

Sister Sledge

Meik Schulte war zufrieden. Selten hatte er ein so angenehmes Gespräch mit dem Staatsanwalt geführt. Der hatte ihn ausgiebig gelobt für die schnelle, erfolgreiche Ermittlungsarbeit. Beschwingt klingelte er an der Tür der Bauhaus-Villa. Auch die Schneiders würden beruhigt sein, Klarheit zu haben und die Beerdigung zügig planen zu können. Gerade als Heinz Schneider die Tür hinter ihm schließen wollte, trat Eva ein.

„Kind, wo warst Du denn den ganzen Tag?“ fragte Marlies sofort, die mit einem Tablett aus der Küche kam.

„Ich musste einfach raus, bin dreimal um den Wall gelaufen.“ log Eva.

„Sehr vernünftig, frische Luft tut gut. Kommen Sie doch in die gute Stube, Herr Kommissar.“

Als sich alle auf der Sofagarnitur arrangiert hatten, überreichte Schulte ihnen den in einer Plastikfolie steckenden Abschiedsbrief. „Wie der Abschiedsbrief beweist, wollte sich Herta Schneider das Leben nehmen. Ich habe tatsächlich Antidepressiva in ihrer Wohnung gefunden. Herr Schneider, Sie als Apotheker sind ja vom Fach: Das Präparat hieß Anafaril, die Packung war fast leer."

„Nun, leider erzielen Antidepressiva nicht immer die gewünschte Wirkung. Offensichtlich konnten sie ihr nicht aus ihrer Verzweiflung heraushelfen."

Eva konnte sich nicht mehr halten: „Das ist doch Unsinn. Papa, ich war in der Apotheke. Susi hat mir gesagt, dass ihr überhaupt keine Antidepressiva an Tante Herta verkauft habt. Sie hat im Computer nachgeschaut, da war kein Eintrag dazu."

„Du warst in meiner Apotheke? Was fällt Dir ein, meine Mitarbeiter mit deinen fixen Ideen von der Arbeit abzuhalten? Du hast ja gar keine Ahnung."

Kommissar Schulte sah ihn fragend an.

„Es gibt eine ganz simple Erklärung dafür. Unser Drucker ist letztens kaputt gewesen, das passiert ab und zu. Dann können wir die Rezepte nicht einscannen, dadurch werden sie dann nicht im System hinterlegt. Aber wir quittieren dann natürlich manuell, damit die Privatpatienten mit der Kasse abrechnen können. Alles ganz korrekt also."

„Kind, dass Du dich immer so aufregen musst. Soll ich Dir ein Baldrian-Dragee holen?" warf Marlies ein.

„Gute Idee, ich komm mit." erwiderte Eva sehr zu Marlies Freude und ging, den Abschiedsbrief in der Hand, in die Küche. Von Marlies unbemerkt, machte sie ein Foto und schickte es direkt an Nick. Als sie ins Wohnzimmer zurückkehrte, sah sie gerade noch, wie ihr Vater den Wohnungsschlüssel von Herta in Empfang nahm und in seiner Hosentasche verschwinden ließ. „Mist." dachte sie.

„Haben Sie mal daran gedacht, dass sie die Medikamente vielleicht nicht freiwillig genommen hat? Vielleicht ist sie ja vergiftet worden? Sie müssen die Leiche obduzieren lassen!"

„Kind, jetzt hör aber mal auf, Du siehst wohl zu viele Krimis." herrschte ihre Mutter sie kopfschüttelnd an.

„Entschuldigen Sie bitte, Herr Kommissar, unsere Tochter ist nicht ganz bei sich."

„Geh auf dein Zimmer, es reicht!" brüllte Heinz. Eva fühlte sich in die Pubertät zurückversetzt.

„Frau Schneider, es gibt wirklich keinen Anhaltspunkt für eine Fremdeinwirkung. Nun lassen Sie ihrer Tante ihren Frieden und eine zeitnahe Bestattung, damit sich die Gemeinde von ihr in aller Würde verabschieden kann." Das hätte der Pfarrer nicht besser formuliert, dachte Meik Schulte, während Eva sich nochmal auf den Weg in die Küche zu einer extragroßen Dosis Baldrian machte.

12.

„Hast du den Schlüssel bekommen?"

„Nein ☹"

„Dann muss es so gehen."

„Ich komm mit!"

WhatsApp-Chat zwischen Nick und Eva

Nick stemmte mithilfe einer Kreditkarte und der Wucht seiner Schulter die Wohnungstür auf.

„Meinst Du nicht, das ist ein bisschen laut?" fragte Eva.

„Vertrau mir, in solchen Wohngegenden ist man an Lärm gewöhnt und mischt sich nicht ein in die Angelegenheiten der Nachbarn. Die sind alle froh, wenn sie selber keinen Stress haben." sagte Nick mit Blick auf das ungepflegte Treppenhaus.

Schon waren sie - tatsächlich unbemerkt - drin.

„Ist es eigentlich nicht erstaunlich, dass deine Tante in so einer Bruchbude wohnen musste, während ihr in einer Villa lebt?"

„Wie gesagt hatte sie von Opa Willi nur den Pflichtteil, also ein Viertel statt die Hälfte des Erbes vermacht bekommen. Opa war nicht einverstanden mit ihrer Lebensweise, er wollte dass sie heiratet und Hausfrau wird, stattdessen wollte sie Kunst studieren. Sie hatte ja super Noten im Gymnasium, bessere als mein Vater. Trotzdem hat Opa es ihr verboten. Und nachdem sie also keine richtige Ausbildung hatte, hat sie natürlich immer nur wenig verdient. Und dann hat sie ihr Geld auch lieber für Theater und Musik ausgegeben als für die Miete, schätze ich."

„Was sind das für alte Bilder?" fragte Nick, die schwarz-weiß Aufnahmen betrachtend.

„Das ist meine Großtante Lissy." sagte Eva stolz. „ Sie war eine bekannte Sängerin. Hat auch in Berlin gelebt und in den großen Clubs der Zwanziger Jahre gesungen."

„Beeindruckend!" sagte Nick.

„Wonach suchen wir?" fragte Eva.

„Hinweise darauf, was sie zuletzt beschäftigt hat. Briefe, Dokumente, sowas." antwortete Nick.

In einem dunkelbraunen Sekretär fanden sie mehrere Ordner. „Hier sind ihre Bankunterlagen. Sieh mal, die

Kontoauszüge. Sie war eigentlich dauerhaft knapp bei Kasse. Und dann hier, Anfang November eine Bargeldeinzahlung von 50.000€. Dann eine Überweisung von 2.790€ an ein Reisebüro, das war bestimmt der Thailandurlaub, und dann eine Zahlung von 5.000€ an die Petrigemeinde. Die Frage ist: Woher hatte sie das Geld?"

Als sie die Wohnung verließen, öffnete sich die Nachbartür. Ein ungepflegter, schmerbäuchiger Mann im Feinripp-Unterhemd versperrte ihnen den Weg.

„Räumen Sie jetzt die Wohnung leer? Endlich ist die Alte raus, das war ja nicht zum Aushalten, so eine Schlampe."

Nick konnte Eva gerade noch zurückhalten, gewalttätig zu werden und stellte sich vor sie.

„Wie meinen Sie das?" fragte er stattdessen.

„Tat immer auf feine Dame, und dann rumvögeln mit allem, was nicht bei drei auf´m Baum ist. Unverschämtes Weibsbild, die hat´s sogar mit Frauen getrieben."

„Wie kommen Sie darauf?"

„Die Wände sind hier dünn wie Papier, da bleibt nichts verborgen. Aber das is´n anständiges Haus, was sollen denn meine Kinder denken?" sagte er, während er sich eine Zigarette anzündete. „Und dann noch in dem Alter, ekelhaft."

„Ich glaub´s nicht." stöhnte Eva leicht hyperventilierend.

„Indeed, ein starkes Stück." pflichtete Nick ihr bei.

„Meine Tante! Die brave Chorleiterin. Wie konnte sie denn so ein Doppelleben führen? Oder wussten meine Eltern davon und haben es immer verschwiegen? Der arme Pfarrer, er wird am Boden zerstört sein, wenn er davon erfährt. Ich glaub, ich brauch jetzt einen Drink."

„Und ich muss unbedingt was essen. Lass uns zu Christ gehen, da gibt es noch warme Küche."

„Gute Idee."

13.

„Proost Jegger Jem Saust"

Geschnitzte Inschrift über dem Tresen des Brauhaus Christ und Werbeslogan von 1836 für Soester Kräuterlikors aus Weizenkorn

Es war schon fast Mitternacht, als sie im Brauhaus Christ eintrafen. Billy und Sylvia, das Wirtspaar, standen zusammen hinterm Tresen. Sie hatten das alte Fachwerkhaus von 1584, in dem schon seit 1727 eine Brauerei und Gastwirtschaft war, in den letzten dreißig Jahren mit einem Potpourri an barocken Antiquitäten liebevoll eingerichtet. Wegen der guten Küche, der Vielzahl an Räumen und des großzügigen Biergartens, der im Winter zu einem üppig mit Fellen und Kamin dekorierten kuscheligen Raucherzelt umgebaut wurde, war es hier zu jeder Jahres-, Tages- und Nachtzeit gut gefüllt. Nick und Eva suchten sich einen kleinen Zweier-Tisch mit Kerze. Eva bestellte ihre rituelle Altbier-Bowle, die sie in Berlin schmerzlich vermisste. Nick bestellte ein großes Steak und ein noch größeres Bier.

Nick resümierte: „Wie es aussieht, haben wir jetzt zwei potentielle Mordmotive: Eifersucht und Geldgier. Beide belasten den Pfarrer: Er könnte von Hertas anderen Beziehungen erfahren haben. Luise sprach ja auch von einer „zwanglosen“ Beziehung. Vielleicht war das eher Hertas Sicht und er hat das ganz anders empfunden. Wenn das kein Motiv ist, ess ich einen Besen.“

„Fress ich..“ korrigierte ihn Eva. „Dabei war mir der Pfarrer so sympathisch. Als er von Herta erzählte, war ich richtig glücklich, dass sie so eine offensichtlich erfüllende Liebesbeziehung geführt hatte.“

„Das reicht leider nicht, um ihn von der Liste der Verdächtigen zu streichen. Außerdem, was ist mit der Überweisung: Hat sie wirklich freiwillig eine so große Summe gespendet? Wofür? Woher kam überhaupt das Geld? Und selbst wenn, dann hatte Herta möglicherweise vor, ihr Vermögen der Kirche zu vermachen und Herr Matthei wollte etwas nachhelfen? Leider haben wir kein

Testament gefunden. Weißt Du, ob sie eins bei einem Notar hinterlegt hat?“

„Keine Ahnung. Ich kann meinen Vater fragen, aber er ist richtig sauer auf mich.“

„Wieso?“ fragte Nick und sah Eva besorgt an.

„Ich war vielleicht zu aufgewühlt vorhin. Aber als ich meinen Vater mit unserem Apotheken-Besuch konfrontiert habe, hat er das überhaupt nicht zum Anlass genommen, den angeblichen Selbstmord mal kritisch in Frage zu stellen, und dieser Kommissar Schulte ebenso wenig. Wieso ordnet der eigentlich keine Obduktion an?“

„Der Abschiedsbrief ist leider ein starkes Indiz für Selbstmord. Aber wenn der Graphologe da Unstimmigkeiten findet, haben wir etwas in der Hand, dann muss der Schulte handeln. Du könntest Dich auch direkt an den Staatsanwalt in Dortmund wenden. Die Gerichtsmedizin ist ohnehin in Dortmund. Das wird Schulte zwar nicht schmecken, wenn du ihn übergehst, aber ein bisschen Druck bringt ihn vielleicht auf Trab.“

Mit jedem Wort sah Nick, wie Evas Verzagtheit einer durchaus boshaften Begeisterung wich. „So machen wir es. Geschieht im recht." freute sie sich.

„Wieso hast Du eigentlich dieses Frauen-Buch von Hertas Nachttisch mitgenommen, wie heißt das nochmal?"

„Berühmte Frauen der Zwanziger Jahre" - Das ist doch ein total spannendes Thema. Zumindest für Frauen... Außerdem möchte ich gerne wissen, womit Tante Herta sich vor ihrem Tod beschäftigt hat."

Sie kramte das Buch aus ihrer Handtasche hervor und schlug es auf.

„Sieh mal, da ist ja meine Großtante drin! Wahnsinn. Acht Seiten über sie sogar. Das lese ich auf jeden Fall durch. Mein Vater hat leider nie groß über sie gesprochen, dabei war sie eine so ungewöhnliche Person, eine echte Pionierin, nach vielerlei Maßstäben. Sie ist sogar Auto gefahren, das war damals gerade für Frauen eine Sensation. Wusstest Du, dass 1924 in Berlin am Potsdamer Platz die erste Ampel aufgestellt wurde? Sie war wohl total exaltiert, trug Charleston-Kleider oder sogar Smoking wie die Dietrich, und natürlich Zigarettenspitze. Im Berlin der Zwanziger Jahre ging es total ab, dagegen ist heute quasi nichts mehr los. Sie ist in allen angesagten Clubs aufgetreten, in der *Scala* und im *Wintergarten Variete*, also dem originalen am Bahnhof Friedrichstraße, nicht dem Nachbau an der Potsdamer. Da sind damals sogar Nackttänzerinnen aufgetreten, kaum vorstellbar. Die Weltwirtschaftskrise und die Nazi haben dem allen dann ja schlagartig ein Ende gemacht."

„Und du hast sie gar nicht kennengelernt?" fragte Nick.

„Nein, sie wurde 1900 geboren, wäre also 75 gewesen bei meiner Geburt. Aber bedauerlicherweise ist sie schon mit 28 gestorben, an irgendeiner Krankheit."

„Scheint ja einen ungewöhnlichen Lifestyle gehabt zu haben. War sie denn vermögend? Konnte dein Opa sich deshalb eine Bauhaus-Villa leisten, vom Erbe? Er hat das Haus ja offensichtlich kurz nach Ihrem Tod gebaut, 1929 sagtest Du."

„Gute Frage. Wir haben nie darüber gesprochen. Aber sie wird schon gut verdient haben. Sie hat sogar mal bei einem Stummfilm mitgespielt, richtig berühmt wurde sie aber als kabarettistische Chanson- und Liedsängerin, mit ihren Auftritten und Schallplatten. Ihr größter Hit hieß *Nach meene Beene is ja janz Berlin verrückt*. Witzig, was?“

„Genial! Sag bloß, Du hast eine Platte von ihr?“

„Leider nein. Die sind bestimmt im Krieg alle zerstört worden. Vielleicht gibt es noch welche im Antiquariat? Gute Idee eigentlich. Ich sollte mich mal auf die Suche nach meiner Vergangenheit machen. Jetzt wo ich durch Tante Hertas Verlust noch weniger Zugang dazu habe.“

Nick aß genüsslich sein Steak, während Eva die dritte Altbier-Bowle orderte.

„Hast Du keinen Hunger?“ fragte er.

„Ich dachte, ich könnte nichts essen, aber es sieht ziemlich lecker aus.“

Nick hielt ihr die gut gefüllte Gabel entgegen und lächelte auffordernd, woraufhin Eva gierig zuschnappte und dann zufrieden kauend seufzte.

„Und ich dachte schon, in Berlin sind inzwischen alle Veganer geworden." scherzte Nick. Er liebte Frauen, die mit Genuss aßen. Er musste daran denken, wie Clarissa immer halb angegessene Brezeln oder Äpfel wegwarf, weil sie angeblich schon satt gewesen war.

„Was machst Du eigentlich in Berlin so? Ich wette, Du wohnst in einem schicken ausgebauten Dachgeschoß in Friedrichshain und hast Mann und Kinder."

„Ich sollte Dir sofort den Auftrag entziehen, wenn dein detektivisches Talent dich zu solchen absurden Mutmaßungen treibt." funkelte ihn Eva böse an.

„Ich wohne in Charlottenburg in einer Einzimmer-Parterre-Wohnung, null Kinder, null Mann, nicht mal eine Katze."

„Nicht möglich, sind die Berliner denn blind? Du bist doch eine attraktive Frau!" versuchte Nick ihr zu schmeicheln.

„Ich weiß. An Angeboten mangelt es auch nicht, das Problem ist nur, dass die Berliner Männer total beziehungsunfähig sind. Meine alten Klassenkameradinnen aus Soest sind alle längst verheiratet. Aber in Berlin gibt es so viele Alternativen, dass sich jeder alle Optionen offen halten will. Dadurch drehen sich die Beziehungen im Kreis. Ich habe es gerade erst zum x-ten Mal hinter mich gebracht. Nach fast zwei Jahren mit Tom dachte ich diesmal echt, ich wäre in einer gut funktionierenden, festen Beziehung. Aber dann lief wieder das gleiche Spiel ab wie immer: Du denkst es läuft bestens, bist verliebt und hast eine tolle, aufregende Zeit zusammen, aber irgendwann wunderst du dich, warum du seine Familie nicht kennenlernst. Dann schlägst du vor, zusammenzuziehen und merkst, dass sich ihm beim Gedanken daran die Nackenhaare aufstellen. Was er natürlich nicht zugibt, sondern nur was von Berliner Wohnungsknappheit faselt. Irgendwann erwähnt er mal, dass gemeinsames Einkaufen und Putzen sowieso die Erotik tötet. Und plötzlich hat er keine Zeit mehr und erfindet die aberwitzigsten Ausreden, nur um nicht ehrlich sagen zu müssen, dass ihm die Beziehung zu eng wird. Trotzdem meldet er sich jedes Jahr bei dir und kann dich nicht vergessen, weil er leider merkt, dass er doch keine Bessere findet. Dann kommt die Midlife-Crisis und er heiratet einfach die nächstbeste Nette, die ihm wenigstens den Haushalt macht. Inzwischen sind ja die meisten wieder geschieden, jetzt geht´s sozusagen von vorne los, nur dass man jetzt noch Mutterqualitäten für die Wochenendkinder mitbringen muss. Vielleicht sollte ich mir doch lieber eine Katze zulegen." Die Frustration strömte ihr aus allen Poren und war fast physisch spürbar.

„Und bei Dir?"

Nick schluckte, das war ihm dann doch ein bisschen zu ehrlich gewesen, zumal er sich in der Beschreibung teilweise unangenehm selbst erkannte.

„Du als Detektiv hast ja sicher ein Alkoholproblem und bist geschieden, oder deine Frau wurde von blutrünstigen Killern aus Rache ermordet." ätzte Eva.

„Ja, so war es leider." antwortete Nick mit starrem Blick.

„Oh mein Gott, entschuldige!" rief Eva.

„Quatsch, reingefallen!“ lachte Nick.

War das der berühmte englische Humor, fragt sich Eva stirnrunzelnd und boxte ihn auf den Oberarm.

„Au! Du brauchst einen Waffenschein für deine Faust!“ rief Nick, rieb sich den Arm und trocknete seine Lachtränen.

„Komm schon, jetzt hab ich die Hosen runtergelassen, jetzt will ich auch wissen, wie das Leben dir mitgespielt hat.“ forderte Eva ihn auf.

„Hast ja Recht. Also, im Prinzip ähnlich wie bei dir, nur andersrum. Aber ich war nicht immer der fiese Typ, der gegangen ist. Wenn ich so drüber nachdenke, wurde ich wohl öfter verlassen, als ich Schluss gemacht habe. Es ist nicht leicht für Frauen, wenn der Mann Soldat ist. Und Detektiv ist nur unwesentlich besser. Als Soldat musste ich oft mehrere Monate zum Einsatz ins Ausland. Erst nach Irland, gegen die IRA. Dann 2006 nach Afghanistan. Danach konnte ich nicht mehr und hab hingeschmissen. Aber als Detektiv bin ich oft nachts unterwegs. Meine letzte Freundin hat sich beklagt, dass sie nie weiß, wo ich bin und dann nachts mit blutiger Nase heimkomme. Aber Midlife-Crisis ist bei euch doch viel schlimmer. Da tickt die Uhr und kaum versteht man sich eine Zeit lang gut, will sie gleich Kinder."

„Mit dem Thema hab ich innerlich abgeschlossen. Ich genieße auch viel zu sehr das Berliner Nachtleben. Ich arbeite bei einem der Berliner Kieztheater, da habe ich Kontakte zu allen Bühnen und bekomme jede Menge Einladungen."

„Wie, du bist auch Künstlerin wie deine Großtante? Entschuldige, ich hatte Dich gar nicht gefragt, was Du arbeitest."

„Nein, ich habe Betriebswirtschaftslehre studiert in Berlin. Irgendwie habe ich mich schon immer zur Kunst hingezogen gefühlt, aber leider bin ich weder besonders musikalisch noch anderweitig künstlerisch begabt. Viel ist ja auch Übung, wer weiß, wenn meine Eltern mich zur Musikschule geschickt hätten, vielleicht hätte ich ja doch Klavier gespielt oder Ballett getanzt. Andererseits muss ich wohl zugeben, dass ich zu undiszipliniert gewesen wäre, um jeden Tag stundenlang zu üben. Jedenfalls kümmere ich mich jetzt im Theater um die Finanzen, Buchhaltung, Fundraising, Verträge und so. Aber ich genieße jede Premierenfeier, als hätte ich selber auf der Bühne gestanden. Nach einigen langweiligen, aber besser bezahlten Jobs habe ich jetzt im Grunde genau meine Nische gefunden. Vor allem lerne ich jede Menge spannende Leute kennen. Die meisten natürlich schwul, also suboptimal, was die Partnerfrage angeht. Aber das ist fast wie eine Familie.“ sinnierte Eva und wirkte nun schon viel glücklicher.

„Und du prügelst dich also ständig?“ fragte Eva augenzwinkert.

So plauderten sie noch, bis Billy sie um zwei Uhr rauswarf. Als Nick Eva vor ihrem Elternhaus verabschiedete, um zu seinem Auto zu gehen, übte er sich in professioneller Zurückhaltung, obwohl seine Lenden ihm deutlich mitteilten, wie attraktiv er sie fand.

14.

„Der Satz: Alle Menschen müssen sterben, paradiert zwar in den Lehrbüchern der Logik als Vorbild der allgemeinen Behauptung, aber keinem Menschen leuchtet er ein.

Die Traumdeutung (1900), Sigmund Freud

Eva beugt sich tief über Nicks muskulösen Oberkörper. Sie fühlte sein Brusthaar auf ihren Lippen und atmete die schwüle Wärme, die sein Körper ausstrahlte. Wieso war es so heiß im Zimmer? Sie drehten sich um, Eva stemmte sich in die Laken. Nick griff ihr langes Haar, dann hob er sie mit sanftem Druck an ihrem Hinterkopf zu sich hoch. Sein Mund bewegte sich auf ihren zu. Sie öffnete die Lippen, als seine Augen plötzlich die Farbe zu wechseln schienen. Waren sie nicht eben noch braun gewesen? Ein tiefes braun, in dem sie versinken wollte. Jetzt waren sie eindeutig blau. Und die Haare wurden heller. Das Gesicht verschwamm, bis sie ihren schwulen Freund vor sich hatte und aufwachte.

Nick schwitzte unerträglich. Wo zum Teufel kam das Feuer her? Unter der Last des schweren Marschgepäcks rannte er den schmalen Fluss entlang über den gelben Lehmboden auf das brennende Flugzeug zu, bis ein fester Griff von hinten ihn stoppte. „Lass mich los! Ich muss sie rausholen!“ schrie er, als er erwachte. Wie immer in der Gewissheit, dass er keinem der vierzehn Soldaten hatte helfen können, als sie im Panjwai-Tal abstürzten.

15.

„Wenn ich den See seh, brauch ich kein Meer mehr"

Donald Duck

Nick lief nun schon dreißig Minuten. Er schwitzte, obwohl seine Beine eiskalt waren. Vielleicht hätte er doch eine lange Hose anziehen sollen. Andererseits war er es von Kindesbeinen an gewohnt, nachdem er in England jahrelang in der Schuluniform mit kurzer Hose auch im Winter raus musste. Daher war die bevorzugte Laufkleidung in England selbst bei knapp unter null Grad und Eis auf den Straßen zwingend beinfrei. Lange Hosen dürfen Schüler erst in der weiterführenden Schule tragen. Dies dann auch im heißesten Sommer, was eine Tortur ist, denn den Briten befällt ab zweiundzwanzig Grad Celsius ein Gefühl großer Hitze, was ihn üblicherweise nötigt, möglichst viel Kleidung abzuwerfen.

Nick hatte schon das erste Drittel seiner Laufstrecke von 14,2 km bewältigt. Vier kurze Steigungen lagen noch vor ihm. Der Möhnesee mit seinen umliegenden Wäldern wurde von grauem Nieselregen bedeckt. Entsprechend matschig war der Untergrund. Vereinzelte Nadelbäume streckten den kahlen Buchen und Eichen ihr trotziges Grün entgegen. Nick war froh, dass ihm kaum andere Läufer begegneten. Nur vereinzelt passierte er warm und regenfest eingepackte Spaziergänger mit Hund. Wer sonst würde sich schon so früh am Morgen bei dem Sauwetter nach draußen wagen? Er hatte nicht mehr schlafen können nach seinem Alptraum. Laufen war seine Methode, den Kopf freizukriegen. Langfristig deutlich besser als Whisky, das hatte er glücklicherweise rechtzeitig gelernt. Einige abschreckende Beispiele aus dem Bekanntenkreis hatten dazu beigetragen. Sein Kamerad Tim sah inzwischen um Jahrzehnte gealtert aus, mit schlaffen Gesichtszügen und frei von jeglichen Ambitionen verbrachte er die Tage gleichförmig im Suff, nur noch pendelnd zwischen Lethargie und gelegentlichen Gewaltausbrüchen. So würde er nicht enden.

Er überquerte die Staumauer und genoss den freien Blick auf das Seepanorama. Erstaunt registrierte er einen Windsurfer im Neoprenanzug. Harter Hund, dachte er. Erst kürzlich hatte er einen Bericht über eine ausgelassene Seniorengruppe beim Neujahrsschwimmen gesehen, die überzeugt von der abhärtenden Wirkung berichteten. Nicht tot zu kriegen, diese fitten Alten, dachte er und musste unweigerlich an Herta denken. War sie auch so fit und lebenslustig gewesen? Er bewunderte Menschen, die sich vom Schicksal nicht unterkriegen ließen. Oder war sie doch so verbittert wie Heinz Schneider sie beschrieben hatte? Er musste an seinen Vater denken. Auch ihm hatte das Schicksal übel mitgespielt. Als fleißiger, begabter Ingenieur hatte er mit Begeisterung an der Entwicklung mehrerer Patente gearbeitet, nur um dann von seinem Geschäftspartner übers Ohr gehauen zu werden. Die Enttäuschung hatte ihm schwer zugesetzt, viel mehr als der finanzielle Verlust. Daraufhin hatte er sich weitgehend aus dem Arbeitsleben zurückgezogen und verbrachte die meiste Zeit in seiner Garagenwerkstatt. Nick dankte im Stillen seiner Mutter. Mit ihrem unerschütterlichen Optimismus und ausgeglichenen Wesen hatte sie seinem Vater den entscheidenden Halt gegeben.

Nick musste an Eva denken: Ausgeglichenheit schien wohl nicht ihre hervorstechende Eigenschaft zu sein.

Dennoch beeindruckte ihn ihre Willensstärke und ihre wohltuend unkonventionelle Art. Er genoss zwar die unprätentiöse, bodenständige Art der Ur-Soester, aber nach zwanzig Jahren in London konnte er eine gewisse Affinität zum Großstadt-Habitus nicht leugnen: Die Charaktere waren reichhaltiger und inspirierender, von einer Lebenskraft, die er regelrecht aufsaugte. Die typischerweise damit einhergehende Kompliziertheit und Schrulligkeit nahm er gerne in Kauf.

Er lief hinunter zum steinigen Seeufer, um sich zu dehnen, als sein Handy klingelte, sehr zum Unfrieden der am Ufer dümpelnden Entenschar.

„Hello Micha, sag bloß Du bist schon fertig mit der Schriftanalyse?“

„Na hör mal,“ antwortete der Graphologe, „bei den paar Wörtern wollte ich das nicht lange liegen lassen. War außerdem ganz dankbar für eine kleine Abwechslung vom Weihnachtstrubel. Wir haben ja wieder das Haus voll mit Verwandtschaft, Carina dreht schon durch.“

„Und, stimmt die Schrift von Abschiedsbrief und Postkarte überherein?“

„Überein“, korrigierte der Graphologe. „Also, es ist im Grunde zu wenig Text, um es mit hundertprozentiger Sicherheit zu beurteilen. Außerdem brauche ich eigentlich die Originaldokumente. Qualität und Quantität der Schriftproben sind entscheidend für ein aussagekräftiges forensisches Schriftvergleichsgutachten. Ich müsste eigentlich physikalisch-technische Untersuchungen der Briefe machen, Reflexions- und Lumineszenz-Untersuchungen sowie eine elektrostatische Oberflächenprüfung.“

„Ach komm, Micha, Du bist doch Profi, bestimmt hast Du trotzdem eine Einschätzung?“

„Natürlich. Also die Druckgebung ist am Handyfoto nicht gut zu vergleichen. Aber es finden sich deutliche Abweichungen bei der vertikalen und horizontalen Ausdehnung. Vor allem das Verhältnis der Oberlängen zu den Unterlängen passt nicht. Das siehst Du vor allem beim kleinen g, das ist im Abschiedsbrief im Wort „Entschuldigt“ deutlich kürzer als bei “Langboot“ von der

Postkarte. Auch die Verbundenheit der Schreibbewegung war nicht konsistent.“

„Der Abschiedsbrief stammt also nicht von der Autorin der Postkarte?“

„Zumindest mit sehr hoher Wahrscheinlichkeit.“

16.

"Das Sauerland Stern Hotel ist das Ferien- und Urlaubseldorado für die ganze Familie in der Mitte Deutschlands."

Website-Eintrag und in Soest allgemein bekannte Tatsache

Meik Schulte war sauer. Eben erst war er mit Ute aus der Sauna gekommen, die Kinder waren noch mindestens bis zum Mittagessen im Kinderparadies und er wollte gerade hüllenlos aufs Bett sinken, als sein Handy klingelte. Was hatte der Staatsanwalt ihn zur Sau gemacht! Ob er immer so schlampig arbeitete, dass die Hinterbliebenen jetzt schon selber forensische Schriftvergleichsgutachten in Auftrag geben müssten. Warum keine Obduktion angeordnet worden wäre. Wer überhaupt seinen Urlaub genehmigt hätte. Mit jedem Satz waren die angenehme Körperwärme und Entspannung von eben Stück für Stück aus seinem Körper entwichen und hatten Platz für Nackenverhärtung und wiederkehrendes Augenzucken gemacht.

Aber er würde sich nicht den Urlaub verderben lassen. Die Landstraßen waren auch viel zu verschneit, um zurück nach Soest zu fahren. Immerhin konnte man das alles auch per Telefon regeln.

17.

"There is no love sincerer than the love of food."

George Bernard Shaw, 1950

Frau Dr. Maria Eichwald war erleichtert. Nachdem ihr Assistent im wohlverdienten Weihnachtsurlaub war, befürchtete sie schon, den Leichnam alleine auf den stählernen Seziertisch heben zu müssen. Freundlicherweise ging ihr aber die Bestatterin Franziska Werner zur Hand. Es zahlte sich eben doch aus, den Umgang nicht nur auf das rein professionelle zu beschränken. Immerhin kannten sie sich nun bereits viele Jahre, regelmäßig begegneten sie sich bei der Lieferung und Abholung der Toten und Frau Dr. Eichwald war auch bei größtem Zeitdruck immer gewillt, ein paar freundliche Worte zu wechseln. Frauen waren in dieser Männerdomäne immer noch eher selten anzutreffen, umso angenehmer fanden sie beide den gegenseitigen Kontakt. So hatte sich neben der reinen Kollegialität schon fast eine Freundschaft entwickelt. Man hatte zumindest grob die Höhen und Tiefen des Lebens voneinander mitbekommen. Franziskas Scheidung, ihr eigener Unfall, der Wegzug ihrer Kinder zum Vater. Oft war Franziska auch während der Obduktion anwesend, manchmal zusammen mit einigen Medizin-Studenten, die schlohweiß und wortkarg hinter der Glasscheibe das Geschehen verfolgten. Dann sparte sie sich die Hin- und Herfahrt und konnte ihren Wissensdurst stillen. Maria Eichwald bot ihr zuweilen auch einen Espresso aus ihrer Pavoni an, zusammen mit einem Cantuccino. Wenn man schon in einem derart sterilen Raum arbeiten musste, dann sollten wenigstens die physiologischen Bedürfnisse stilvoll befriedigt werden, das war ihr Motto. Den unförmigen Look ihres blassgrünen Kittels hatte sie mit ihren schwarzgefärbten Haaren und auffälligem Make-Up immerhin einigermaßen konterkariert.

„Danke für deine Hilfe, Franziska. Bleibst Du hier oder musst Du los? Hast Du die Kids über Weihnachten da?“

„Nein, die sind dieses Jahr beim Vater und kommen erst zu Silvester zu mir. Insofern bleibe ich gerne. Nichts ist schrecklicher als Weihnachten allein zu Hause."

„Du Arme! Komm doch heute Abend zu uns! Ich wollte ein Lamm-Couscous mit Rotwein und Ras-el-hanout kochen." schwärmte sie, während sie den Y-Schnitt ansetzte.

„Das wäre ganz wundervoll, meine Liebe, besten Dank. Dann sehe ich endlich mal, wie ihr wohnt. Du sagtest doch, ihr habt renoviert?"

„Ja, ich hab doch jetzt diesen göttlichen Gasherd, da kann man die Hitze beim Schmoren perfekt regulieren, ich sage dir, das wird butterweich. Küche und Esszimmer sind komplett neu gestrichen in steingrau und wir haben uns endlich italienische Stühle geleistet."

„Sag mal, wieso musste ich die Dame eigentlich herbringen, du hattest doch den Freitod bereits rechtsmedizinisch beglaubigt?"

„Ja, aber die Verwandten haben wohl drauf bestanden, und es besteht inzwischen tatsächlich Verdacht auf

Fremdeinwirkung. Mal sehen, was wir finden. Darf ich dir ein köstliches Heißgetränk anbieten? Im Kühlschrank hab ich auch ein paar Pastrami-Sandwiches, bedien dich nur. Ich mach erstmal weiter, will die Handschuhe jetzt nicht wieder ausziehen, du weißt ja wie lästig das ist."

Sie begann zu diktierten: „Weiblich, ca. 70 Jahre, 165 cm groß. Totenstarre voll ausgeprägt. Todeszeitpunkt vor 40-44 Stunden. Polytraumatische Verletzungen durch Sturz aus großer Höhe. Ausgeprägte Leichenflecken auf der Körpervorderseite. Multiple Frakturen. Schädelbasisbruch. Gesicht..."

Sie zögerte. Vom Gesicht war nicht mehr viel vorhanden. Bei einem Sturz aus dieser Höhe müsste die Tote eine Fallgeschwindigkeit von etwa 70km/h gehabt haben. Der Aufschlaguntergrund aus Stein und der doppelte Aufprall durch den vorausgegangenen Kontakt mit dem Dach hatten sein Übriges beigetragen.

„Zertrümmerung des Gesichtsschädels mit Austritt von Hirnmasse. Keine sichtbaren Abwehrverletzungen. Die subendokardialen Blutungen weisen darauf hin, dass die Tote vor dem Sturz noch gelebt hat. Petechiale

Stauungsblutungen. Weichteilemphysem bei Vorliegen eines sturzbedingten Pneumothorax. Was haben wir denn hier? Mazeration am kleinen Zeh."

„Ach so, da war ein Hühneraugenpflaster drauf, das habe ich entfernt, ich hatte ja schon angefangen mit der Grundversorgung, als der Anruf kam. Gut, dass ich die Öffnungen noch nicht vernäht hatte, hätte ich ja alles nochmal machen müssen."

„Alles klar. Mach Dir ruhig etwas Mayonnaise auf das Sandwich!" rief Maria, als Sie Franziska essen sah.

„Ich hab jetzt schon den Dijon-Senf genommen, schmeckt hervorragend!" erwiderte diese und leckte sich die Lippen.

Maria begann mit der Entnahme der Organe.

„Lungenödem, Durchspießungsverletzungen beider Lungen durch Rippenbruchenden. Grobe Parenchymzerreißungen."

Maria legte das Diktiergerät zur Seite, nahm eine Blutprobe sowie einige Gewebeproben und entfernte sich vom Obduktionstisch. Am Rande des Raums nahm sie Platz an einem Tisch voller Gerätschaften. Nach einigen Minuten des Hantierens rief sie: „Oh, das ist aber interessant!“ und setzte das Diktat fort:

„Chemisch-toxikologische Befunde: Hohe Dosis an Clomipramin, entspricht einer Einnahme von 500mg am Tag des Todes. Das wäre viermal so viel wie die üblicherweise eingenommene Menge Tri- und Tetracyclischer Antidepressiva. Jedoch keine tödliche Dosis, dafür wären mindestens 800mg nötig gewesen. Ansonsten leichter Blutalkoholgehalt mit 0,3 Promille.“

18.

Sauerland Stern – immer wieder ein Erlebnis

„Danke für den schnellen Obduktionsbericht, Frau Dr. Eichwald.“ Meik Schulte stand an der furniergetäfelten Rezeption des Sauerland Sterns, wo ihm die Empfangsdame das Fax ausgehändigt hatte und hielt einen beigen altmodischen Telefonhörer in der Hand. Er hatte vergessen, sein Handy zu laden, nun pfiff der Akku auf dem letzten Loch und er wollte die Leitung für eintreffende Anrufe frei halten. Zwei Kinder rannten durch die Lobby und er hoffte, dass Frau Dr. Eichwald nicht hören konnte, dass er nicht am Arbeitsplatz saß.

„Ich hätte da noch einige Fragen. Diese Antidepressiva, das waren ja mengenmäßig wohl ziemlich viel. In der Wohnung von Frau Schneider habe ich auch welche gefunden, ähm, äh, den Namen hab ich jetzt nicht parat, aber vielleicht können Sie mir trotzdem sagen, wie viele Dragees sie vor ihrem Tod genommen hat, ungefähr.“

„Aber sicher, Herr Schulte, die Präparate haben üblicherweise eine Dosierung von 10 oder 25mg pro Dragee. Sie muss also mindestens zwanzig Dragees genommen haben."

„So, so. Das entspricht ja in etwa einer kompletten Verpackung. Also absolut passend zu den bisherigen Ermittlungsergebnissen. Wir gehen also weiterhin von Suizid infolge einer Depression aus. Meinen Sie, sie hat die Überdosis genommen in der Hoffnung, dass sie sich dann besser fühlt oder mit der Absicht der Selbsttötung?"

„Also Herr Kommissar, das müssen Sie schon selber beurteilen. Es ist durchaus möglich, dass sie die Dosis über mehrere Einzelgaben hinweg gesteigert hat, denn der Blutspiegel reichert sich kontinuierlich an und baut sich nur allmählich ab. Andererseits wird auf jedem Beipackzettel vor der letalen Wirkung einer Überdosis gewarnt."

„Gut, gut. Aber Sie schreiben, dass die Dosis definitiv nicht letal war. Angenommen, es wäre doch ein Mordversuch gewesen, wäre also ein Stümper am Werk gewesen. Außerdem hätte er ihr die zwanzig Dragees ja schwer unbemerkt unterjubeln können, nicht wahr."

„Wenn Sie meinen..."

„Mehr wollte ich nicht hören. Vielen Dank und Guten Rutsch!"

19.

Berlin, Mai 1928

Wilhelm hatte sich in seinen feinsten Anzug geworfen. Als er die U-Bahn an der Friedrichstraße verließ, war es bereits dunkel. Verliebte Paare flanierten die Prachtstraße entlang und genossen sichtlich die milde Frühlingsluft. Vergnügungssüchtige Touristen aus der Provinz liefen, teils lautstark und bereits angeheitert, den einschlägigen Etablissements entgegen.

Er fühlte sich unwohl. Fast schamhaft war es ihm zumute, in seinem feinen Tuch an den kriegsversehrten Bettlern vorbeizugehen. Solidarität heischend, wies er auf seinen Gehstock. Sicher vermutete der ein oder andere in seinem humpelnden Gang ebenfalls eine Kriegsverletzung. Stattdessen hatte eine frühe Kinderlähmung ihm zwar Körpergefühl und Lebensglück genommen, ihn aber immerhin vor dem Vaterlandsdienst an der Front bewahrt.

Die beleuchtete Kuppel des luxuriösen Grand-Hotels „Central“ Friedrich- / Ecke Dorotheenstraße war weithin sichtbar. Erhaben streckte sich die säulenbeflankte Front über hundert Meter die Straße entlang. Schon am Eingang wies ein Plakat auf das im Hotel befindliche Varieté hin: „Wintergarten – Vollständig neues Programm“ und bewarb japanische Artisten, einen Entfesselungskünstler, einen Clown sowie eine Sängerin - seine Schwester Elisabeth als Attraktion unter ihrem Künstlernamen Lissy LaBelle.

Im Foyer erklang dezente Piano-Musik. Auf der Suche nach dem Bühnensaal ging er über die Terrasse, auf der die Haute-Volée feine Speisen serviert bekam.

Wie war es hier nur reingeraten? Elisabeth hatte ihm eine Freikarte geschickt, ein Versöhnungsangebot nach jahrelangem Zwist. Er hatte es fast als Beleidigung empfunden. Nun aber trieb ihn die blanke Gier, seine Vorurteile bestätigt zu finden, indem er ihre dekadente Bühnen-Show ertrug. Wie konnte sie glauben, dass er ihren Lebenswandel je gutheißen könnte?

Dennoch konnte er nicht eine gewisse Bewunderung verhehlen, als er endlich den Wintergarten betrat. Eine gewölbte Kuppel aus Glas gab in achtzehn Meter Höhe den Blick auf die Sterne frei, deren Strahlen von unzähligen Glühbirnen und seitlich aufgestellten Gasleuchten ergänzt wurde. Der breite Raum fasste 3000 Besucher, einen Tanzboden und eine große Bühne. Überall schwirrten Männer mit Pomade in den Haaren und knabenhafte Frauen mit Kurzhaarfrisur und Kleidern mit tiefer Taille umher, auf der Suche nach ihren Sitzplätzen. Die weniger Begüterten suchten sich einen der Stehplätze für eine Mark. Wilhelm fand den Trubel und das aufgeregte Schnattern der Gäste enervierend und hoffte auf baldigen Beginn der Show. Als der Kellner kam, bestellte er ein Bier. Seine Sitznachbarn tranken Champagner, wie ihm nicht entging.

Der Vorhang öffnete sich und der Conferencier, ein gelackter Schnurrbartträger im Frack, kündigte die Akrobaten an: Im Scheinwerfer wurde eine Wirrwarr von Leitern, Ringen, Seilen und Netzen sichtbar. Mit erstaunten „Aaahs“ und „Ooohs“ brachte das Publikum den wohligen Schauer zum Ausdruck, der angesichts der Perfektion der Artisten bei ständiger Gefahr des Fehlgriffs zu spüren war. Wilhelm hatte dergleichen noch nie gesehen. Seine anfängliche Faszination wurde schnell von der Einsicht verdrängt, dass es an schierer Perversion grenzt, wenn ein Mensch sich derart zur körperlichen Selbstbeherrschung quält, nur zum Amüsemang der anderen. Nach tosendem Applaus erschien ein Clown und veranstaltete die sonderbarsten Manöver: Mal trat er in einen Eimer, dann spritzte er sich nass. Das Publikum brüllte vor Lachen. Wilhelm hingegen konnte nicht begreifen, was daran lustig sein sollte. War er denn so aus der Zeit gefallen? Hatten die Menschen denn keinen Sinn mehr für bürgerliche Tugenden und Anstand? Wo waren das großartige deutsche Liedgut, die Gedichte und Konzerte geblieben? Das Orchester war hier zum puren Beiwerk verkommen. Traurig fand er das, einfach nur traurig.

In der Pause fragte ihn der Kellner, ob er ein weiteres Bier wolle, aber es wurde ihm allmählich zu teuer. Dann endlich kündigte der Conferencier Lissy LaBelle an.

Seine Schwester wurde mit großem Jubel empfangen und hatte offensichtlich einige Anhänger im Saal, vor allem männliche. Wie sie aussah! Er traute seinen Augen kaum. Wie hatte sie sich verändert. Er sah sie noch vor

Augen, als wäre es gestern: Als kleines Mädchen daheim mit den drei Schwestern. Alle hatten blonde Locken oder zu „Affenschaukeln" geflochtene Zöpfchen und trugen Mutters selbstgenähte Kleider. Und nun das: Stark geschminkt, mit falschen Wimpern und bronzerot gefärbtem Bubikopf, sah sie einfach nur ordinär aus. Dazu eine lange schwarze Hose, Hemdbluse und Krawatte wie ein Mann. Sie musste völlig von Sinnen sein. Dann fing sie an zu singen: Ihre Stimme war bezaubernd, so hatte er sie jedenfalls in Erinnerung, wenn sie mit den Schwestern sang. Aber jetzt? Die Wortwahl! Als ob sie Jahre in den übelsten Kneipen verbracht hätte. Sie begann mit *Nach meene Beene is ja janz Berlin verrückt*. Das nächste Lied hieß *Hermann heeßta.* Weitere Gassenhauer im Berliner Jargon folgten, unterbrochen von zwei französischen Chansons. Sie sang nicht nur, nein sie räkelte sich lasziv auf dem Piano, dann setzte sie sich auf einen Hocker und rauchte und fluchte. Das Publikum raste, als sie die Bühne verließ.

Wilhelm war fassungslos und bekam gar nicht mit, wie der Entfesselungskünstler angekündigt wurde. Der Mann wurde auf unglaubliche Weise verschnürt und in diverse

Kisten verpackt, konnte sich aber jedes Mal rätselhaft befreien. Als am Ende der Show nochmal sein Name genannt wurde, dachte er, diesen schon in der Zeitung gelesen zu haben: Houdini. Musste wohl ein Italiener sein. Die kamen nun wirklich von überall nach Berlin. Durch das Großberlin-Gesetz war Berlin plötzlich nach New York und London die drittgrößte Stadt der Welt, der Wintergarten zum Varieté von Weltruf avanciert.

Während er auf seine Schwester wartete, fingen auf dem Parkett die Leute an zu tanzen. Die Fransen der Seidenkleider wippten auf und ab im Rhythmus des Charleston. Einige Frauen trugen tief dekolletierte Kleider, Spitzen oder Federboas. Und wie sie sprachen: „Na, Zuckerschnute, liebst Du mich nicht mehr?“ fragte eine Frau, die man wohl kaum Dame nennen dürfte, einen vorbeilaufenden Herrn. Als er in einem der Separees plötzlich eine barbusige Frau zu erkennen meinte, wollte er bereits entrüstet aufspringen. Da kam seine Schwester an seinen Tisch.

„Na, Willi, amüsierst du dich gut?“ Sie hatte sich umgezogen und trug nun ein kurzes schwarzes Kleid mit Pailletten am viel zu tiefen Ausschnitt.

„Danke für die Einladung, Elisabeth, gut dass wir uns wieder einmal sehen. Mutter sagte, Du meldest Dich nie bei ihr, und das wo sie doch so krank ist. Dann kann ich ihr nun wenigstens berichten, womit du deine Zeit verbringst. Obwohl, das bringt sie noch ins Grab. Hast du denn gar keinen Anstand? “

„Herrje, Willi, du bist ja sowas von 1913. Schau dich doch einmal um: Die neue Frau lebt frei und selbstbestimmt. Zum Glück! Und das Kaiserreich kommt ganz bestimmt nicht wieder. Jetzt genieß doch den Abend. Eine Flasche Champagner!“ rief sie dem Kellner zu.

Noch bevor Wilhelm etwas erwidern konnte, trat ein gutaussehender Herr an den Tisch, umarmte und küsste Elisabeth.

„Meine Liebe, Sie waren ganz bezaubernd, ich darf Sie hoffentlich bald wieder ins Babylon einladen?“

„Ich bitte darum, mein süßer Herr Hofrat. Au revoir.“

Sodann kam eine Freundin.

„Lissy, meine Beste, du warst wieder ganz formidable. Wollen wir bald einmal wieder ausgehen? Ich muss dir unbedingt meinen lieben Herrn Bankier Waldschmidt vorstellen."

„Enchanté, monsieur!" sagte sie, während der Bankier ihre Hand küsste.

„Guck mal, die Gräfin geht heute auf anständig, nicht mehr so nackt wie letzte Woche." rief eine vorbeilaufende Dame jemandem zu.

„Sollen wir einmal ein Frappee trinken gehen im Romanischen Café, was meinst Du?" fragte Lissys Freundin.

„Das machen wir. Fährst du diesen Sommer wieder nach dem Süden? Wir fahren nach Cannes. Wollen wir nicht zusammen einen Abstecher nach Paris machen?"

„Herrlich, ich kenne da ein wunderbares kleines Hotel am linken Ufer, ma chère."

„Wir telefonieren bald einmal."

Wilhelm konnte der Unterhaltung kaum folgen. Bevor sie eine zweite Flasche Champagner ordern konnte, bat er zum Aufbruch: „Es ist hier ja viel zu laut, wir können uns doch gar nicht unterhalten."

„Nun gut, großer Bruder, lass uns zu mir fahren, ich bin sowieso jedes Wochenende hier." erwiderte sie, hakte ihn unter und ging nach draußen.

Der Valet fuhr ihren Maybach vor und Lissy setzte sich hinters Steuer. Nach einigen Minuten des Schweigens begann sie zu singen.

„Konzentrier Dir lieber uffs Fahren!" rief Wilhelm erregt.

„Mein lieber Willi, in Amerika haben se jetzt Autoradios und bald wird auch in Berlin jeder im Auto Musik hören und singen!" lachte sie ausgelassen und fuhr in Richtung Westen: Erst durch den Tiergarten, in dem sich abends die Liebenden und Homosexuellen trafen, dann zum Tauenzien, wo die Nachtschwärmer Vergnügung suchten, an der Gedächtniskirche vorbei zum Ku´Damm, dem Zentrum der gehobenen Unterhaltung mit unzähligen Lichtspieltheatern und Revuen. Hier wohnte die feine Gesellschaft und so bog Lissy seitlich in die Fasanenstraße ab, in der sich ihre 8-Zimmer-Wohnung befand. Lissys Wohnung befand sich in der Beletage, dem am besten ausgestatteten zweiten Stock, und umfasste, wie in hochherrschaftlichen Kreisen üblich, einen Salon, in den sie regelmäßig Künstler und Intellektuelle einlud, eine Bibliothek sowie das standesgemäße Esszimmer für bis zu sechzig Personen, selbstverständlich mit passendem Tafelsilber.

Zwar wurden inzwischen zunehmend auch in besseren Gegenden kleine Wohnungen mit nur zwei bis drei Zimmern gebaut, dies stieß jedoch in gehobenen Kreisen – ob altehrwürdig oder durch den weltweiten Konjunkturaufschwung neureich geworden - auf einiges Unverständnis. Wer wolle denn schon in Proletarierwohnungen leben? Dabei war diese Entwicklung nicht nur Folge des wirtschaftlichen Drucks von Hyperinflation und Reparationszahlungen, sondern durchaus Ausdruck der veränderten Familienstrukturen und der damit einhergehenden Nachfrage nach Single-Wohnungen. Nachdem im Ersten Weltkrieg zwei Millionen Männer gefallen waren und viele Frauen selbst für ihren Lebensunterhalt sorgen mussten, durchdrangen Frauen nahezu alle Berufsfelder und selbstverständlich zog die berufstätige Frau in eine eigene Wohnung, ohne dem bürgerlichen Ideal der Ehe allzu große Bedeutung beizumessen. Auf die „Erhörung“ zu warten, war passé.

Sie betraten den opulenten Salon mit dunkler Ledertapete und roten Samtvorhängen. Wilhelm ließ sich auf der grünen Chaiselongue mit den orientalischen Kissen nieder, direkt neben dem wärmenden Ofen, und streckte sein verkrüppeltes Bein aus. Lissy griff zum Servierwagen und füllte zwei Gläser mit Sherry, dann legte sie am Grammophon auf.

„Ich liebe diesen ganzen technischen Fortschritt, meine Schallplattenverkäufe erreichen inzwischen Rekordhöhen. Soll ich Dir eine schenken? Du hast doch ein Grammophon, oder?“

„Nein, aber ich meine, ich habe dich schon in meinem Rundfunkempfänger gehört, ist das möglich?“

„Aber sicher, Schätzchen. Bald kommt eine neue Schallplatte raus, davon singe ich einige Lieder nächste Woche in der Scala. Da trete ich am liebsten auf, zur Martin-Luther-Straße hab ich´s ja nicht so weit.“

Wilhelm rümpfte die Nase, angewidert von ihrer blasierten Angeberei. Welten standen zwischen Ihnen.

„Du hast dir einige neue Möbelstücke zugelegt, seit ich hier war, oder? Ist ja auch schon Jahre her.“ bemerkte er.

„Feines Auge! Ich war im März in Barcelona und habe einen wundervollen Jugendstil-Möbeltischler in seiner Werkstatt in der Rambla de Catalunya besucht. Der ist gerade der letzte Schrei, Gaspar Homer Mezquida heißt er. Diese Schnitzereien, diese Dekorationen, so vielfältig in Textur und Farbe, ganz großartig. Er steht absolut im Zentrum des katalanischen Jugendstils mit seinen Werken. Kiek mal, die Vitrine aus Maulbeer-Feige."

Wilhelm stand auf und betrachtete das pompöse und doch elegante Stück. Die gläserne Tür des Mittelstücks war mit sich floral rankenden Holzstreben dekoriert, während die Seitenteile, etwas flacher und abgerundet gehalten, mit Glasmalereien zweier ineinander verschränkter Rosen aufwarteten.

„Findest du nicht, du könntest etwas sparsamer sein? Mutter und wir Geschwister haben´s nicht so dicke. Du könntest dich ruhig mehr für die Familie einsetzen."

„Wollt ihr etwa hier einziehen? Das ist ja zum Piepen."

„Nein, mir wird das alles zu dekadent in Berlin. Ich überlege, nach dem Umland zu ziehen oder ins Westfälische. Auf dem Land, da schätzen die Frauen noch die preußischen Tugenden: Ordnung, Sparsamkeit, Gehorsam."

„Mein Gott Willi, jetzt willst du in die Provinz ziehen? Weißt du, warum du hier keine findest? Nicht nur wegen deines Beines, sondern weil du so ein Stinkstiefel bist. Die neue Frau ist intelligent, witzig und geistreich und kein Heimchen am Herd mehr. Wenn du mal bei meinen Salons zugegen wärst, du würdest aus dem Staunen nicht mehr rauskommen: Meine weiblichen Gäste haben den gleichen Ehrgeiz nach Bildung, gesellschaftlicher Geltung und – ja - erotischer Beglückung wie das Mannsvolk."

„Elisabeth, halte dich zurück, du Teufelin!" presste Wilhelm hervor, die Fäuste ballend.

„Mach dich doch nicht lächerlich! Heutzutage ist es albern, kein Verhältnis zu haben. Ich habe sogar zwei, wie gefällt dir eigentlich mein süßer Hofrat?" kicherte sie. „Schau dich doch mal um, die ganze Gesellschaft hat sich verändert: Ehe, Familie, Staat, alles ist im Wandel. Sogar die Wirtschaft, frag doch die Kommunisten!"

„Lass die Linken aus dem Spiel. Du demütigst unsere ganze Familie. Hast du denn gar keinen Respekt? Vater würde sich im Grabe umdrehen, wenn er sehen könnte, was für ein liederliches Weibsbild aus dir geworden ist."

„Ach komm, Willi, jetzt reg dich doch nicht auf, das ist nicht gut für deinen Blutdruck. Komm, ich hab was, dass gute Laune macht. Du als Apotheker kennst Dich doch aus mit den Segnungen der Pharmazie." sagte sie und griff nach ihrem Kokaindöschen.

Nach dreißig Minuten verließ er das Haus. Ihre Fingernägel hatten blutige Striemen an seinen Unterarmen hinterlassen.

20.

„Do they know it´s Christmas Time at all?“

Band Aid 1984

Nach einer langen Dusche fühlte sich Nick fit, frisch und sehr hungrig. Ihm war klar, was er tun musste: Hier würde nur ein English Breakfast helfen. Zum großen Bedauern aller Soester Engländer hatte das einzige Café, welches derlei Köstlichkeiten servierte, vor kurzem unwiederbringlich die Pforten geschlossen. Ihm blieb daher nichts anderes übrig, als die Zutaten selber zu bevorraten. Was jedoch Qualitätsabstriche notwendig machte, da er den Aufwand scheute, den das alte Wirtspaar bis zur Schließung auf sich nahm: Sie hatten sogar den guten Back Bacon in gefrorenem Zustand direkt aus England anliefern lassen. Well, er würde sich mit Frühstücksspeck begnügen müssen...

Kurz darauf neigte er sich über seinen Teller puren Glücks: Zwei Scheiben Toast (wie es sich gehörte aufrecht zum Abkühlen im Rack serviert), zwei Spiegeleier, Baked Beans (selbstverständlich die guten von Heinz), gegrillte Tomaten und Champignons, mehrere Streifen Bacon und, nicht zu vergessen, eine Flasche HP Sauce. Was konnte es Leckereres geben?

Er machte ein Foto und schickte es an seine Mutter, damit sie sehen konnte, dass er wenigstens anständig aß zu Weihnachten, wenn er schon nicht ihren Truthahn genießen konnte. Nachdem nun schon der zweite Weihnachtsfeiertag war, musste er unweigerlich eingestehen, dass er es unmöglich schaffen würde, Weihnachten in London zu feiern. Stattdessen versprach er, auf jeden Fall zum New Year´s Eve zu kommen. Mit etwas Glück wäre sein Bruder dann abgereist.

Ordentlich türmte er Bohnen, Speck und Ei auf einer Toastscheibe auf und begann zu essen. Nachdem er diese Prozedur auch mit dem zweiten Toast durchgeführt hatte, schenkte er sich zufrieden eine zweite Tasse Darjeeling ein. Eine leichte Müdigkeit überkam ihn. "Damn it, vom Joggen direkt ins Fresskoma? No way."

Sprach´s und erhob sich, um sich auf den Weg zu seiner üblichen Koffein-Quelle zu machen.

Nick stand im Kaffeehaus 1825 direkt unten an der Theke über seinen Espresso gebeugt, da ging die Tür auf und sein Fußball-Kumpel Andy trat mit seinem 12-jährigen Sohn ein.

„Hello Andy, wie geht´s?“

„Hallo Nick, schön Dich zu sehen. Alles bestens bei uns, wir wollten gerade ein paar Muffins kaufen. Und du, nicht in England dieses Weihnachten?“

„Nein, nicht geschafft, ich habe gerade einen neuen Fall reinbekommen.“

„Sag bloß, du bist an der Frau Schneider dran?“

„Das darf ich dir gar nicht sagen, weißt du doch.“

„Mensch, Julius hat doch bei ihr gesungen! Er war ja mit auf dem Turm in der Nacht.“

„Ehrlich?“ fragte Nick und warf dem Sohnemann einen neugierigen Blick zu. Der rollte vielsagend die Augen und plusterte sich beinahe zu doppelter Größe auf, so stolz war er auf sein schauriges Geheimnis.

„Klar war ich dabei, hautnah sozusagen. Das war echt krass! Eben spricht sie noch mit uns, und dann, klatsch, ist sie Matsche, Hammer."

„Julius, echt, du könntest mal etwas pietätvoller von deiner Chorleiterin sprechen." rügte ihn sein Vater und hoffte, dass keiner der anderen Café-Besucher die Wortmeldung des Sprösslings gehört hatte.

„Setzt euch doch mal zu mir. Also, erzähl doch mal genau, wie der Abend so war. Hast du mit Frau Schneider auch gesprochen?"

„Ja, bevor wir zum Turm hochgestiegen sind, hat sie mich gebeten, ob ich ihre Schnürsenkel binden kann, echt strange."

„Naja, sie war eben nicht mehr die Jüngste, wahrscheinlich konnte sie sich nicht so gut bücken." warf der Vater ein.

„Quatsch, eigentlich war sie immer ganz fit, jedenfalls mehr als Oma. Die liegt immer nur mit Strickzeug im

Fernsehsessel. Aber Frau Schneider war an dem Abend, glaube ich, krank. Jedenfalls hat sie sich so an der Wand abgestützt, als ob ihr schwindlig wäre. Sie hatte wohl Angst, umzufallen und war nicht sicher, ob mit ihren Schuhen alles okay ist. Sie hatte auch Fußschmerzen. Und auf den engen, alten Stufen ist das natürlich auch so eine Sache, erst recht oben auf dem Turm war es ziemlich rutschig und vereist."

Nick sah Andy überrascht an. „Und trotzdem ist sie raufgestiegen? War ihr denn öfter schwindlig?"

„Nö, nicht das ich wüsste.„

„War sie vielleicht erkältet?"

„Keine Ahnung, also gehustet oder geniest hat sie jedenfalls nicht. Aber geschwitzt hat sie, sie roch ganz muffig. Sonst hat sie immer so nach Blüten gerochen, irgend so ein Parfum."

„Sehr interessant, Julius. Wenn Du mal ein Praktikum bei einem Detektivbüro machen willst, sag Bescheid."

„Cool, im März muss doch eins machen, ein bis zwei Wochen! Papa, darf ich?"

Da hatte Nick sich wohl etwas weit aus dem Fenster gelehnt. Well, irgendwas würde ihm schon einfallen, womit er den Nachwuchs-Detektiv beschäftigen könnte.

„Ja, super, dann bis in drei Monaten! Cheerio!"

Nachdem er bezahlt hatte, wählte Nick Evas Nummer: Besetzt. Vielleicht sollte Nick dem Pfarrer nochmal einen Besuch abstatten. Bei der Gelegenheit könnte er auch klären, was es mit Hertas Überweisung auf sich hatte. Es wurde auch schon für kleinere Geldbeträge gemordet, wenn auch der von Julius beschriebene Schwindel in Kombination mit dem rutschigen Boden sehr auf einen Unfall hindeutete.

In der Kirche wurde ihm mitgeteilt, dass der Pfarrer nicht anwesend wäre, aber gleich in der Nähe in der Rosengasse wohnte, so dass Nick es dort versuchte.

„Herr Pfarrer, so ein Glück, dass ich Sie antreffe. Entschuldigen Sie bitte die erneute Störung."

„Hallo, Herr äh, entschuldigen Sie, wie war noch gleich Ihr Name? Sie waren doch mit Hertas Nichte bei mir im Gotteshaus, nicht wahr? Der Detektiv."

„Ja, genau, Nicholas Reeves. Ihr Mitarbeiter war so freundlich, mir Ihre Privatadresse zu geben. Ich hätte da noch einige Fragen."

„Aber gerne, kommen Sie doch rein. Ich muss allerdings um sechzehn Uhr los, eines unserer aktiven Gemeindemitglieder hat mich freundlicherweise zum Weihnachtsessen eingeladen."

„Aha, ein weibliches Gemeindemitglied möglicherweise?" Nick musste an die unangenehme Begegnung mit Hertas dickem Nachbarn, insbesondere seine Äußerung zu Hertas übergroßer sexueller Aktivität beidseitigen Ufers denken. Ob der Pfarrer ähnlich rege war?

„Nun, tatsächlich, Hilde ist wohl weiblich, aber ihr Mann und ihre Kinder und die Enkel sind auch eingeladen. Sie wissen doch, Weihnachten ist das Fest der Liebe und der Familie. Wieso fragen Sie das überhaupt?" Der Pfarrer hob argwöhnisch die linke Augenbraue.

„Ach, wissen Sie, es sind uns da ein paar sonderbare Dinge zu Ohren gekommen. Vielleicht können wir uns erstmal setzen?“ bat Nick und hoffte auf eine weitere Tasse Tee.

„Natürlich, kommen Sie doch mit ins Wohnzimmer.“

Der Pfarrer wohnte in einem winzigen Fachwerkhaus, das eine Renovierung gut vertragen hätte. Die Einrichtung war ländlich-rustikal, um nicht zu sagen Eiche-Furnier. Das Wohnzimmer hatte vielleicht fünfzehn Quadratmeter und war vollgestellt mit einem runden Esstisch mit sechs Stühlen, einem Sessel und einem Fernseher. Die komplette Seitenwand war ein einziges Bücherregal. Vor den kleinen Fenstern hingen die obligatorischen kurzen Scheibengardinen.

„Plauener Spitze“ sagte der Pfarrer.

„Wie bitte?“ fragte Nick.

„Sie haben gerade die Gardine bewundert. Echte Plauener Spitze. Ein Erbstück meiner Mutter.“

„Hübsch!“

„Darf ich Ihnen einen Tee anbieten?“

„Oh ja, sehr gerne, Darjeeling, wenn Sie haben.“

„Da muss ich Sie enttäuschen, ich trinke nur grünen Tee. Der wirkt lebensverlängernd, in China schwört man darauf. Außerdem macht schwarzer Tee so braune Zähne.“

„Dann gerne grünen Tee.“ Nick fuhr sich mit der Zunge über die Zähne. Er musste mal wieder einen Zahnarzttermin ausmachen.

„So, junger Mann, wie kann ich Ihnen denn nun helfen?“ fragte der Pfarrer, als er den Tee am Esstisch serviert hatte.

„Sie haben uns erzählt, wie liebevoll Ihre Beziehung zu Herta war. Was Sie uns aber verschwiegen haben ist, dass Herta durchaus noch andere Sexualpartner oder vielmehr Partnerinnen hatte. Was für ein Skandal, wenn das ans Licht gekommen wäre. Immerhin blickt eine ganze Gemeinde zu Ihnen auf.“

Peer Matthei senkte den Kopf, schwieg aber zunächst. Nick wollte ihn konfrontieren und so aus der Reserve locken.

„Was war das für ein Gefühl, so zum Narren gehalten zu werden? Ihre ehrliche Liebe so mit Füßen getreten zu sehen.“ Er war sich nicht sicher, ob das jetzt korrektes Deutsch war, aber der Pfarrer blickte wieder zu ihm auf.

„Sie waren nicht nur persönlich verletzt, sondern mussten auch um ihre berufliche Zukunft und soziale Integration fürchten. Da haben Sie eines der Kinder überredet, sie in der Dunkelheit zu schubsen. Niemand würde es bemerken. Was haben Sie dem Kind dafür versprochen? Oder haben Sie Herta mithilfe Ihrer ganzen kirchlichen Autorität ein so schlechtes Gewissen gemacht, dass Sie sich selbst in den Tod gestürzt hat? Sie als Pfarrer sind ein Meister im Halten überzeugender Reden. Wie haben Sie sie dazu gebracht? Geben Sie es endlich zu.“

Peer Matthei starrte ihn mit geweiteten Augen an. Dann zitterten seine Lippen. Dann brach er in lautes Lachen aus.

„Ich soll Herta kraft meiner kirchlichen Autorität überredet haben, für ihr unmoralisches Verhalten zu büßen? Ach Herta, wenn Du das hören könntest, wie hättest Du Dich amüsiert. Köstlich. Junger Mann, so unverschämt Ihr Verdacht ist, so will ich mich doch bemühen, die Situation für Sie zu erhellen."

Nick spitzte die Lippen, während sich seine rechte Augenbraue dem Haaransatz näherte. Was würde jetzt als Erklärung folgen?

„Ich meine, ich hätte schon bei unserem ersten Gespräch erwähnt, dass Herta und ich eine sehr reife Beziehung führten. Natürlich wusste ich von ihren bisexuellen Neigungen. Ich muss Sie aber aufklären, Herta war zwar eine Frau mit großer Libido, die gesellschaftliche Zwänge eher hinterfragte, als sich ihnen zu unterwerfen, und gelernt hatte, auf ihren Instinkt zu hören. Aber sie war durchaus eine treue Seele. Sie hatte neben mir, soweit ich orientiert bin, nur noch Luise."

Nick musste Schlucken, um ein fassungsloses Ächzen zu unterdrücken. „Die Galeristin?" fragte er.

„Genau, die kennen Sie ja. Wir haben uns ausgezeichnet zu dritt verstanden, allerdings hat Luise kein sexuelles Interesse am männlichen Körper. Jedem das seine, sag ich immer. Übrigens auch der Titel eines beliebten Stücks Kirchenmusik: Johann Sebastian Bach, Kantate Nr. 163, sehr hübsch."

„Und das war kein Problem für Sie? Ich meine, es ehrt Sie ja wirklich, so tolerant zu sein, aber Ihr Kirchenoberhaupt und Ihre Gläubigen sehen das doch sicher nicht so entspannt?"

„Da haben Sie leider Recht, aber wissen Sie was? Ich habe in meinem Leben schon so viel gesehen. Was denken Sie, wie viele tausend Menschen mir ihr Elend erzählt haben. Und wie oft die Angst vor dem Urteil der Anderen, falsche Versprechungen und ein Mangel an Authentizität die Ursache waren? Sie glauben gar nicht, wie schwer es den Menschen fällt, andere so sein zu lassen, wie sie sind, obwohl sie doch selber nichts mehr fürchten, als abgelehnt zu werden. Ich möchte meiner Gemeinde das Gefühl geben, dass alle willkommen und gleich vor Gott sind. Und ich bin bestimmt nicht gleicher.

Bisher bin ich mit dieser Haltung gut gefahren. Sollte das irgendwann nicht mehr so sein, dann ist es eben so. Dafür gehe ich aufrecht durchs Leben. Können Sie das nachvollziehen?“

„Und Sie waren überhaupt nicht eifersüchtig? Gut, es ist wohl etwas anderes, wenn man mit einer Frau betrogen wird als mit einem anderen Mann....“

„Nachdem es nun kein Mann war, kann ich es natürlich nicht schwören, aber wieso hätte ich auf Luise eifersüchtig sein sollen? Sie hat mir Herta doch nicht weggenommen, sondern ist einfach eine bezaubernde Person, die Hertas Leben - und dadurch auch meines - bereichert hat. Vielleicht kommen Sie einmal in ein Alter, wo sie das auch so sehen könnten.“

„Das hoffe ich ehrlich.“ entgegnete Nick, etwas aus dem Konzept gebracht.

„War es das, was Sie wissen wollten?“

„Da sind noch zwei weitere Unklarheiten: Zum einen eine Überweisung von 5.000€ an Sie. Können Sie mir sagen, warum Sie dieses Geld erhalten haben?“

„Ich sagte ja, dass Herta auch über den Chor hinaus sehr engagiert war. Die 5.000€ waren ihre Spende für ein Hilfsprojekt in Ghana. Wir unterstützen damit Frauen, die das traditionelle Kunsthandwerk ausüben und damit das finanzielle Einkommen der Familien sichern können. Die meisten Menschen arbeiten dort als Tagelöhner und wissen morgens nie, ob sie abends genug verdient haben, um genug zu essen oder gar Arztkosten für Kinder und Alte zu bezahlen. Von anständiger Behausung gar nicht zu reden. Ich habe die Kontoauszüge gerade hier bereitgelegt, weil ich über Neujahr die Spendenquittungen versenden wollte."

„Und wissen Sie zufällig, woher Herta das Geld hatte? Sie hatte ja nur eine kleine Rente, aber dann hat sie plötzlich eine Bareinzahlung von 50.000€ gemacht."

„Das war eine kapitalbildende Lebensversicherung, die sie ausgezahlt bekommen hat. Sie hatte mir kürzlich davon erzählt, Sie war sehr froh, sich jetzt endlich mehr leisten zu können, Reisen zum Beispiel. Wir wollten gerne gemeinsam die Welt sehen. Eine Reise nach Brasilien war unser beider Herzenswunsch. Am Amazonas gibt es viele

Missionare, die Großartiges für die indigene Bevölkerung tun. Wir wollten gerne einige Projekte besichtigen, ein wenig mithelfen und Spenden überbringen. Zu schade, dass wir das nun nicht mehr erleben können."

„Sind Sie sicher? Wir haben keine Versicherungsverträge gefunden. Wissen Sie vielleicht, bei welcher Versicherung sie die Lebensversicherung abgeschlossen hatte? Außerdem hätte die Versicherung das Geld doch direkt auf ihr Konto überwiesen."

„Vielleicht hatte sie noch ein anderes Konto und hat es von dort bar abgehoben? Ich habe auch zwei Konten, auf einem gibt es mehr Zinsen, vielleicht wollte sie deshalb das Geld auf dem anderen Konto einzahlen? Am besten fragen Sie doch die Bank."

„So könnte es gewesen sein. Haben Sie eigentlich mal mit ihr über ein Testament gesprochen, ich meine, hatte Sie eins? Wir konnten nämlich keines finden."

„Ich weiß nicht, ob sie eines geschrieben hat, aber wir wollten beide unser bescheidenes Vermögen der Petrigemeinde vermachen."

„Interessant."

„Wollen Sie jetzt behaupten, ich hätte Herta getötet, damit die Kirche ihr Erbe bekommt? So nötig haben wir es noch nicht, trotz sinkender Mitgliedszahlen." erklärte Matthei kopfschüttelnd.

„Ich möchte nur jedem Verdacht nachgehen, es ist doch auch in Ihrem Interesse, wenn wir ausschließen können, dass Ihre Freundin eines unnatürlichen Todes gestorben ist."

„Sicher, aber ich fürchte, Sie reiten ein totes Pferd, wie man so schön sagt. Sollten Sie sich wirklich nachdrücklich für unsere Finanzlage interessieren, lade ich Sie gerne zur nächsten Sitzung des Presbyteriums, die Mitglieder entscheiden über die Aufstellung des Haushaltes und die Verwendung der Kirchensteuern. Aber jetzt muss ich langsam los."

„Danke für das Angebot, Herr Matthei, ich melde mich, falls ich darauf zurückkommen möchte. Nur eine Frage noch: Haben Sie bemerkt, dass es Herta am Tag ihres Todes nicht gut ging? Ihr war schwindlig, einer der Sänger musste ihr sogar helfen, sie hat sich wohl an der Wand abstützen müssen."

„Davon weiß ich nichts, ich hatte ja an dem Tag vorher kaum Gelegenheit, mit ihr zu sprechen, aber sie wirkte recht erkältet."

„Ich danke Ihnen, dann lasse ich Sie jetzt in Ruhe."

„Wegen Ihnen komme ich noch zu spät zum Gruppensex bei Hilde."

„Herr Pfarrer!" rief Nick entsetzt, während Peer Matthei sich bereits wieder vor Lachen ausschüttete.

„Sie haben ja mehr englischen Humor als ich. Chapeau!" erwiderte Nick anerkennend.

Gerade als Nick sich wunderte, dass der Pfarrer so kurz nach dem Verlust seiner großen Liebe ungewöhnlich fröhlich wirkte, bemerkte er den erstaunlichen Wandel seiner Mimik, die vom schallenden Lachen übergangslos in ein leises Schluchzen überging. Dann kniff er die Lippen zusammen, packte seinen Mantel und verließ gemeinsam mit Nick das Haus.

21.

„Unsere Schützenketten erfüllen höchste Ansprüche. Jeder Schützenkönig wird dieses Schmuckstück gerne und mit Stolz tragen."

Vereinsbedarf-Shop

Ein verschneiter zweiter Weihnachtsfeiertag neigte sich dem Ende zu. Im Sauerlandstern stapften die letzten Pisten-Heimkehrer mit rosigen Wangen und vom Schneematsch tropfend durch die Hotelhalle. Kommissar Meik Schulte und seine Frau Ute lagen bereits im Wellness-Bereich, während sich die Kinder im Pool vergnügten.

„Hach, Bärchen, was für ein herrlicher Urlaub." seufzte Ute glücklich.

„Weißt Du, Hasi, ich wollte, dass Du dich auch mal entspannst an Weihnachten. Immer die Kocherei und dann deine Eltern und auch noch meine... Du hast ja schon mit den Kindern immer so viel zu tun."

„Du verwöhnst mich richtig! Der Wellness-Bereich ist einfach nur traumhaft, Bärchen, und die Kinder hatten so viel Spaß im Skikurs. Die Landfrauen waren schon richtig neidisch, als ich beim letzten Treff erzählt habe, dass wir in den Sauerlandstern fahren. Da hab ich denen gesagt *„Mein Mann, der ist halt kein einfacher Polizist, der ist Kommissar und immer an vorderster Front mit den schlimmsten Verbrechern und immer im Ermittlungsdruck. Da ist er unabkömmlich, und wenn wir dann Urlaub machen, dann soll das auch ordentlich sein."* Du musst Dich ja auch erholen, Bärchen, nicht wahr?" sagte sie und schmiegte sich näher an ihn. Sehr gemütlich, diese Zwei-Personen-Liegen, dachte Meik. Sowas sollten wir in unserem Garten haben. Ute ließ ihre rosa lackierten Fingernägel auf seinem Brusthaar kreisen und sah ihn verliebt an.

„Und wie Du beim Staatsanwalt durchgeboxt hast, diesen komplizierten Fall von hier per Telefon zu regeln, das ist große Klasse. Nicht auszudenken, wenn wir unseren Urlaub hätten abbrechen müssen."

„Also das hätte ich niemals zugelassen, Hasi! Nicht mit mir. Ich lass dich doch nicht im Stich. Außerdem habe ich ja alles im Griff, keine Bange.“ antwortete er und hoffte, er würde recht behalten.

„Ach, Bärchen, ich bin so stolz auf dich!“

„Und ich auf dich, meine Königin!“ grinste Meik Schulte, woraufhin Ute kichernd vor Freude auf und ab wippte.

„Mein fescher Schützenkönig!“ lachte sie und zog am Gürtel seines Bademantels. Meik griff hektisch nach ihren Händen und ließ den Blick nach links und rechts schweifen. Zum Glück waren sie noch allein, die meisten Skifahrer waren wohl noch beim Umziehen oder beim Après-Ski.

„Das war so schön, Bärchen, wie Du den Vogel abgeschossen hast. Da haben die anderen aber gestaunt, wie gut mein Meik schießen kann.“ Voller Stolz trug Meik zu jedem Schützenfest, Pokalschießen und sonstigen festlichen Anlässen seine wohlverdiente Schützenmedaille mit der Gravur „Bester Schütze“ am Revers seiner Schützenjacke Typ „Hubertus schützengrün“ mit echten Hirschhornknöpfen. Dazu die prächtige Königskette, einen Schützenorden mit Eichenlaub und natürlich den schmucken grünen Schützenhut mit Feder. Wer beim alljährlichen Ritual den Holzadler aus dem Kasten schoss (was je nach Bierkonsum der geselligen Runde schon mal 100 Schuss benötigte), wurde Schützenkönig und seine Frau Schützenkönigin. Die Glückliche durfte fortan bis zur nächsten Wahl alle Feierlichkeiten im Festkleid (für Nichteingeweihte einem Brautkleid nicht unähnlich) begehen, umringt vom nicht minder festlich gekleideten „Hofstaat“. Begleitet vom Brüllingser Feuerwehr-Tambourskorps und vom Spielmannszug des Herdringer Blasorchesters waren sie Mittelpunkt diverser Umzüge. Und dann der Schützenball! All diese spektakulären Ereignisse erhielten selbstverständlich ausführliche Berichterstattung im Soester Anzeiger.

„Vielleicht schießt du ja nächstes Jahr nochmal den Vogel ab, Bärchen, meinst du, du schaffst das?“

„Ach, Hasi, ich bin zwar der beste Schütze, aber die anderen wollen ja auch mal König sein. Ich kann ja Zepter, Apfel oder Krone schießen."

„Oh ja, das wäre schön." säuselte Ute und wackelte verträumt mit den rosa Fußnägeln, als die beiden Kinder in den Wellness-Bereich stürmten.

„Papa, spielst du mit uns Wasserball? Bitte, bitte!" riefen die tropfnassen Wasserratten. Heldenhaft erhob sich Meik Schulte, küsste Ute und flitzte den Kindern hinterher.

„Vergiss deine Badehose nicht, Bärchen!" rief sie fröhlich hinterher.

22.

„Gib, Liebe, Kraft mir! Kraft wird Hülfe leihen."

Romeo und Julia, 4. Akt, William Shakespeare

Grau und verlassen lag die Kleingartenkolonie am Rande des Stadtparks. Nur drei Autos standen auf dem Parkplatz, ein paar wenige Schornsteine qualmten vor sich hin. Ralf hatte wie immer seinen Firmenwagen genommen, damit niemand sein Auto erkannte. Immerhin hatte die Haustechnik-Firma, in der er als Heizungsbauer angestellt war, ganze zehn Firmenfahrzeuge, so dass er sich unerkannt fühlte. Oft kam er auch mit dem Fahrrad, meistens mit Joggingkapuze über den Kopf gezogen. So konnte er jederzeit behaupten, dass er auf dem Weg zum Jogging wäre, sollte er jemanden treffen. Das sagte er ja auch seiner Frau. Seit sie blind war und zunehmend unter sensorischen Schwierigkeiten litt, war es ihr unmöglich festzustellen, dass seine körperliche Fitness lange nicht so gut war, wie sie angesichts seiner angeblichen regelmäßigen Trainingseinheiten sein sollte.

Bereits seit 44 Jahren hatten sie nun diese Kleingartenhütte für ihre heimlichen Treffen gepachtet. Niemals hätte er gedacht, dass ihre Liebe so lange halten würde. Immerhin waren die Umstände alles andere als günstig. Wie jung sie damals waren, erst zweiundzwanzig. Jetzt waren sie fast Senioren. Wie anders wäre alles gekommen, hätten sie sich vor seiner Heirat mit Silke kennengelernt. Silke war in seiner Klasse, ein nettes Mädchen, seine Eltern waren begeistert und sofort waren sie verlobt. Er war zufrieden, bis er sie zum ersten Mal spürte: Die große Liebe, die er nicht für möglich gehalten hatten.

Er ging zur vertrauten Parzelle. Das Gittertor klapperte hinter ihm beim Zufallen, er öffnete die schlichte Holztür und wie immer erfüllte ein warmes Gefühl sein Herz, als er sie sah.

„Frohe Weihnachten, mein Geliebter!“ sprach die Frau seines Lebens und trat ihm erwartungsfroh entgegen.

„Frohe Weihnachten, Marlies, mein Glück!“

23.

Struk·tu̲r

Substantiv [die]

1. *in Mathematik und Naturwissenschaften (und daran orientierte Wissenschaften) das Muster von Systemelementen mit den Relationen, nach denen die Elemente aufeinander bezogen sind.*
2. *allgemein für ein als strukturiert angesehenes Gebilde.*

Als Nick das Haus des Pfarrers verlies, klingelte sein Handy. Er befürchtete schon, es wäre wieder einmal seine Mutter, aber es war Eva. Er registrierte ein spontanes Wohlgefühl in der Magengegend, als er ihre Stimme hörte.

„Hello, Chefin! Ich habe schon versucht, Dich zu erreichen. Wie wär´s mit einem gemeinsamen Dinner, dann bringe ich Dich auf den aktuellen Stand meiner

Ermittlung." „Das wäre schön, aber ich koche gerade für meine Eltern. Wir versuchen, sowas wie Normalität in das Weihnachtsfest zu bekommen. Und meine Mutter sollte sich auch mal ausruhen, deshalb übernehme ich das für sie. Sie müsste gleich wiederkommen, wollte um den Wall laufen. Aber ich wollte Dir unbedingt Bescheid geben: Der Obduktionsbericht ist fertig."

„Wow, das ging schnell. Schieß los!"

„Kommissar Schulte hatte angerufen, ich war leider nicht da, deshalb hoffe ich, dass meine Eltern nichts Wesentliches vergessen haben. Aber im Grunde gibt es keine Überraschungen, außer der Bestätigung, dass sie tatsächlich jede Menge Antidepressiva in Tante Hertas Blut gefunden haben. Also bleiben sie bei der Selbstmord-These. Der Leichnam ist zur Beerdigung freigegeben worden. Und weil mein Vater schon vor der Obduktion alles mit dem Bestatter geklärt hatte, wird es schnell gehen. Wir haben den Termin schon für übermorgen früh."

„Oh. Dann ist mein Auftrag also erledigt?" fragte Nick mit echtem Bedauern. Er hatte gerade Fahrt aufgenommen. Nicht nur am Fall, sondern auch an Eva hatte er zunehmend Interesse entwickelt. Sollte nun also schon alles zu Ende sein? Damn it.

„Ich weiß nicht, also, ich denke schon.“ antwortete Eva verwirrt. „Es gibt ja wohl keine weiteren Ansätze mehr, oder was denkst Du?

„Ich denke, wir sollten noch nicht aufgeben, es gibt noch so einige Ungereimtheiten, auf die ich heute gestoßen bin, die konnte ich dir noch gar nicht erzählen. Pass auf, du bekommst sowieso einen Bericht mit allen Ermittlungsergebnissen von mir. Den mach ich Heute Abend fertig und dann treffen wir uns morgen zum Frühstück, ja?“

„Na gut. Wie wäre es um 10 Uhr im Kaffeehaus 1825?“

„Perfekt.“

„Und die Rechnung kannst du dann auch mitbringen.“

„Lass uns erstmal noch eine Nacht darauf schlafen und dann sehen wir morgen weiter, ja?“ insistierte Nick.

„ Du meinst eine Nacht darüber schlafen, nicht darauf.“

„Äh, genau. Bis morgen dann.“ seufzte Nick.

Nick hatte das ganz dringende Gefühl, den Fall nicht abgeben zu dürfen, und beschwor sich selbst, auf seinen Instinkt zu vertrauen. Auf der anderen Seite beschlich ihn der Zweifel, seine Beharrlichkeit könne von einem ganz anderen Körperteil befeuert sein. In so einer Situation des Zwiespalts gab es eigentlich nur eine Option, um Klärung herbeizuführen: Eine Liste. Eine Liste und jede Menge Tee.

So schlug er also den Heimweg ein, als er an Luises Galerie vorbeikam und unerwartet das Licht brennen sah. Diese Gelegenheit wollte er nicht ungenutzt lassen, immerhin waren dies wahrscheinlich die letzten paar Stunden seiner Ermittlung. Er trat ein und hatte nur wenige Sekunden später den sabbernden Mops zwischen den Füßen, gefolgt von seinem Frauchen. Wie schon bei seinem letzten Besuch wirkte ihre Erscheinung äußerst gepflegt und irgendwie imposant auf ihn. Der dunkle Lidstrich machte etwas Unerklärliches mit ihren Augen, ließ sie sehr intensiv wirken. Das war es wohl, dachte Nick. Heute trug sie ein feuerrotes bodenlanges Kleid, das exotisch wirkte, indisch vielleicht, vermutete Nick.

„Oh, Sie sind es? Ich wollte gerade zusperren, kein Mensch geht am zweiten Weihnachtsfeiertag in eine Galerie."

„Das denke ich mir, ich hoffe, ich störe nicht."

„Im Gegenteil. Ich bin nur hier, weil mir zu Hause die Decke auf den Kopf gefallen ist. Wissen Sie, Herta und ich haben immer den zweiten Weihnachtsfeiertag zusammen verbracht, seit vielen Jahren war das unsere Tradition. Wir haben Musik gehört, gesungen und zusammen gekocht, bis spät in die Nacht gelacht..."

„...und geliebt?" ergänzte Nick.

„Dann haben Sie es also herausgefunden. Kluges Kerlchen. Eigentlich wollten wir es gar nicht unbedingt geheim halten. Aber in unserem Umfeld hier gab es nichts anderes als die guten alten „traditionellen" Lebensentwürfe. Da wollten wir uns nicht aufdrängen. Es wollte wohl auch keiner sehen. Und dann war es irgendwie zu spät, noch jemanden über unsere wahre Beziehung „aufzuklären". Können Sie das nachvollziehen?"

„Ich kann mir vor allem vorstellen, dass Sie in der Ménage-à-trois unzufrieden waren und aus Eifersucht auf

Peer Matthei eine Überdosis in Hertas Getränk gemischt haben."

„Ach Kindchen, wir sind in den Achtundsechzigern für die freie Liebe auf die Straße gegangen. Warum hätte ich da eifersüchtig sein sollen? Zumal auf Peer, er ist ja ein echtes Goldstück. Aber Moment, was reden sie da von Überdosis?"

„Die Autopsie hat eine große Menge Antidepressiva in Hertas Blut ergeben."

„Das kann nicht sein. Das muss ein Irrtum sein. Sie hat doch niemals Medikamente genommen, nur Naturheilmittel, homöopathische Globuli und ganz selten mal ein Aspirin. Sie hatte ein bisschen Blutdruckprobleme, da hatte sie aber extra ein pflanzliches Mittel besorgt, nachdem ihr Bruder ihr etwas Stärkeres geben wollte. Sie hat grundsätzlich den Pharmakonzernen misstraut und die alten Heilkunden geschätzt. Warum sollte sie dann Psychopharmaka nehmen? Wenn dann hätte sie wohl eher Johanniskraut genommen."

„Aber sie hatte es definitiv im Blut."

„Dann muss es also doch Mord gewesen sein. Jemand muss sie gezwungen haben, diese Medikamente zu nehmen."

„Nur wer? Und wie? Es gab ja im Vorfeld keine Anzeichen von Gewaltanwendung oder Drohungen."

„Es ist mir absolut unbegreiflich. Aber Selbstmord war es sicher nicht. Mir ist auch noch etwas eingefallen, was ich Ihnen noch sagen wollte: Herta hatte mich gebeten, nach Weihnachten für Sie einen Termin bei einem Kunstgewerbe-Gutachter in Düsseldorf zu vereinbaren. Sie hatte irgendwo ein Ölgemälde gesehen, von dem sie vermutete, dass es sehr wertvoll war, sie tippte auf einen der Sezessionskünstler. Das wäre natürlich eine Sensation gewesen. Ich hatte ihr gesagt, dass es wohl eher eine gute Imitation sein müsste, aber wer weiß, es kommt durchaus vor, dass jemand ein altes Erbstück auf dem Dachboden hat, ohne den Wert zu kennen. Sie war jedenfalls enthusiastisch deswegen. Das passt doch überhaupt nicht zu dieser Selbstmord-Theorie."

„Sehr interessant. Wie kommt es, dass Herta sich damit so gut auskannte?"

„Nun, wir waren ja oft in Ausstellungen. Sie wollte aber tatsächlich wie ich Kunstgeschichte studieren. Sicher hätte sie ein exzellentes Examen geschafft, wenn ihr Vater nicht gewesen wäre. Er hat sie sehr unter Druck gesetzt, vor allem als dann ihre Mutter krank wurde, fühlte sie sich verpflichtet, den Haushalt und die Pflege zu übernehmen und im Betrieb mitzuhelfen."

„Tragisch. Und wo hat sie dieses Bild gesehen?"

„Ich weiß es leider nicht. Vielleicht in einer der Antik-Scheunen in den Dörfern? Sie wollte es jedenfalls um Weihnachten herum ausleihen, um es schätzen zu lassen."

„Denken Sie bitte nochmal genau nach. Wen hat sie besucht, wohin ist sie gefahren bevor sie Ihnen von dem Bild erzählt hat? Wenn Ihnen noch etwas einfällt, geben Sie Bescheid. Es könnte wichtig sein."

„Das werde ich tun. Aber jetzt sollten wir gehen, es ist schon stockdunkel. Sind Sie ganz allein an Weihnachten? Keine Familie, keine Freundin? Ein gutaussehender junger Mann wie Sie?"

„Ach, wissen Sie, ich brauche meine Freiheit." antwortete Nick und merkte, dass das nicht allzu überzeugend geklungen hatte.

Zuhause angekommen nahm er die Tapetenrolle aus der Ecke neben dem Bücherregal und befestigte einen Streifen quer über die gesamte Breite der Wohnzimmerwand. Diverse Löcher von vormals verwendeten Reißzwecken perforierten den Untergrund, und zum wiederholten Male freute er sich, keinem Vermieter Rechenschaft ablegen zu müssen für sein Treiben. In die Mitte schrieb er den Namen des Opfers: Herta. Links daneben die drei alternativen Tathergänge: Unfall, Selbstmord, Mord. Von jedem dieser Szenarien verzweigten sich weiter nach links die jeweiligen Indizien.

- Unfall: Glatter Boden, enger Gang, Schwindel und Gangunsicherheit, Fehlen des Sicherungsdrahtes – all dies hätte einen tragischen Unfall verursachen können.
- Selbstmord: Abschiedsbrief (fragwürdig), Depression (fragwürdig) – beide Indizien sind schwach und erwecken eher den Verdacht, konstruiert zu sein.

Dagegen sprechen auch Termin beim Gutachter und geplante Reise.

- Mord: gefälschter Abschiedsbrief, vom Täter verabreichte Überdosis Antidepressiva, um Lebensmüdigkeit vorzutäuschen (sie nahm freiwillig keine Medikamente), mutwillige Entfernung des Sicherungsdrahtes – plausibel.

Nun begann er rechts die sich stellenden Fragen zu notieren:

- Wer hätte Gelegenheit, einen gefälschten Abschiedsbrief in Hertas Wohnung zu deponieren? Pfarrer, Luise, Heinz (hat Schlüssel). Hatten der Pfarrer und Luise auch Zweitschlüssel? Was war mit etwaigen Nachbarn, einer Putzfrau, dem Hausmeister?
- Nahm Herta wirklich keine Medikamente? Luise hatte anfangs über ihr Verhältnis geschwiegen, war sie hundertprozentig glaubwürdig? Wer könnte das bestätigen? Der behandelnde Arzt oder Heilpraktiker? Wenn Herta keine Medikamente nahm, wie kamen sie dann in die Wohnung? Sind sie vom Mörder als falsche Fährte installiert worden?

- Wer hätte Zugang zu Medikamenten? Heinz (Apotheke)!
- Wie hätte er ihr die Medikamente ohne Gewalt verabreichen können? Vielleicht in ein Getränk oder Essen gemischt? Und warum hat er dann nicht gleich eine tödliche Dosis verabreicht? Nick müsste nochmal nachfragen, wann Herta das letzte Mal mit ihm Kontakt hatte oder bei Schneiders eingeladen war.
- Wer hatte wann den Sicherungsdraht entfernt? Der Schlüssel war für alle aktiven Gemeindemitglieder leicht zugänglich gewesen.

Dann stellte sich noch die größte Frage, die eine eigene Spalte noch weiter rechts erhielt: Die nach dem Motiv:

- War es Geldgier? Herta war nicht vermögend, aber die plötzliche Einzahlung von 50.000€ war ungewöhnlich. Waren von einer Versicherung oder anderen Quellen noch weitere Zahlungen zu erwarten gewesen? Bestand ein Zusammenhang zwischen dem dubiosen Ölgemälde und der Zahlung? Hatte sie das Geld beschafft, um das Bild bezahlen zu können? Aber woher? Gab es Erbbegünstige außerhalb der Kirche?

- War es Eifersucht? Beide Partner, sowohl Luise als auch der Pfarrer, stritten jegliche Eifersucht vehement ab. Auf ihn wirkte das glaubhaft, dennoch konnte es nicht völlig ausgeschlossen werden. Liebe - oder was man dafür hält – ist eine starke Antriebsfeder.
- War es ein Ehrenmord? Der Pfarrer schien kein Problem mit einem möglichen Skandal durch ein Bekanntwerden der Ménage-à-trois zu haben. War er wirklich so cool wie er tat? Nicks Bauchgefühl sagte ihm ja.

Welches Motiv könnte es sonst geben? Spielte das Bild eine Rolle in dem Puzzle?

Nach dem Verzehr zweier Kannen Darjeeling und einer Packung Digestive Biscuits hatte er den Inhalt seiner Tapetenskizze in einen Bericht für Eva abgetippt. Er war sicher, dass sie etwas Entscheidendes noch übersahen und durch weitere Recherchen die entscheidenden Puzzle-Teile noch finden würden. Für Nick sprachen zu viele Indizien für Mord, um den Fall jetzt abzugeben.

Hoffentlich würde Eva das auch so sehen. Auch wenn er nun ihren Vater zum Kreis der Verdächtigen zählte.

24.

„Ruhrpolen“

Mit „Ruhrpolen“ sind die Menschen und deren Nachfahren gemeint, die gegen Ende des 19. Jahrhunderts … aus dem früheren Königreich Polen, aus Masuren, der Kaschubei und auch aus Oberschlesien ins Ruhrgebiet eingewandert sind und dort meist als Bergleute gearbeitet haben.

Wikipedia

Christian Stussek hatte in seinem Leben einfach viel Pech gehabt. Sein aus Polen eingewanderter Urgroßvater und auch sein Großvater waren genügsame und fleißige Leute gewesen und hatten sich nach Kräften bemüht, sich in der neuen Heimat zu etablieren. Nachdem Polen damals kein souveräner Staat, sondern ostpreußische Provinz war, und die Industrialisierung menschliche Ressourcen benötigte, waren die Zechen und die eigens gebauten

Arbeiterwohngebiete ein polnischer Hotspot, so dass die Integration zunächst nicht schwer viel. Ohne zu klagen hatten sie die harte Arbeit im Bergbau so lange bewältigt, bis die ermatteten Knochen sie in die Frührente zwangen. Nicht dass sie davon viel gehabt hätten, sind sie doch kurz darauf sozialverträglich einen frühen Tod gestorben. Das war seinem Vater nicht vergönnt. Er wurde bereits als Christian noch ein Grundschulkind war in die Arbeitslosigkeit entlassen - eine Folge des Strukturwandels im Ruhrgebiet und so gesehen nicht sein Verschulden. Aber nachdem es Hunderten von Kumpels gleichermaßen erging, war der Arbeitsmarkt wie leergefegt, so dass er sich binnen weniger Monate vollständig perspektivlos dem Alkohol überließ. Christian verstand nicht, wieso sein Vater plötzlich immer so traurig war. Als er dann gewalttätig wurde, auch der Mutter und Christian gegenüber, konnte der Bub sich nicht des Gedankens erwehren, Schuld daran zu sein. Denn ständig machte er offensichtlich etwas falsch. Räumte sein Zimmer nicht so auf, dass sein Vater zufrieden gewesen wäre. Tischte das Essen nicht zeitig auf, das seine Mutter vor ihrer Putztätigkeit oft noch in der Nacht mit so viel Mühe vorbereitete. Und wurde in der Schule immer schlechter. Als er in die Pubertät kam, hielt er es nicht mehr aus. Nun ging er auf seinen Vater los. Mehrfach schaltete sich das Jugendamt ein, wenn die Lehrer seine Blessuren bemerkten. Die Nachbarn riefen regelmäßig die Polizei, wenn der Lärm an die Wand krachender Kleinmöbel zu laut wurde. Mit 16 riss er von zu Hause aus. Die Dortmunder Nordstadt mit 25% Arbeitslosenquote und mehr als 50% Migranten nahm ihn auf. In dem Abrisshaus, in dem er Unterschlupf fand, nannte man ihn nur „den Polacken“. Dennoch fühlte er seit langem so etwas wie Zugehörigkeitsgefühl. Seine neuen „Freunde“ ließen sich von niemandem sagen, was sie tun sollten. Sie lebten in den Tag hinein und arbeiteten nur, wenn sie Geld brauchten. Sie feierten viel zusammen und teilten großzügig ihre wenigen Habseligkeiten und das, was ihr Leben lebenswert machte: Gras, Speed, Koks. Später Opiate. Es dauerte nur sechs Monate, bis Christian an der Nadel hing. Dann begann die Beschaffungskriminalität: Autos knacken, Kioske überfallen, was so anfiel. Mit 18 saß er zum ersten Mal ein.

Vier glückliche Zufälle gaben seinem Leben die unverhoffte Wendung: Nach dem dritten Knastaufenthalt – er war auf Bewährung draußen - vermittelte ihm sein Bewährungshelfer das Methadonprogramm. Zum ersten Mal seit Jahren war er nun dem Teufelskreis aus Drogensucht und Beschaffungskriminalität entronnen. Bei der Ausgabestelle lernte er Kim kennen. Blonde Haare, große Augen – er war sofort verliebt. Sie überzeugte ihn, dass sie den Drogensumpf von Dortmund verlassen mussten, um ein neues, besseres Leben anzufangen. Ihre Schwester vermittelte ihnen eine Wohngemeinschaft in Soest. Der Mitbewohner war aktiv in der Kirche. Dort gab es viele Aktivitäten, die die beiden von ihrem alten Lebensinhalt ablenken sollten. Chris entdeckte die Musik für sich. Die Möglichkeit, seine Persönlichkeit durch ein Instrument auszudrücken, faszinierte und beglückte ihn. So wurde er fester Teil des Kirchen-Orchesters. Sechs Monate später hatte er seinen ersten festen Job. Regale aufzufüllen war sicher nicht erfüllend, aber er konnte auf ehrliche Weise für sich und Kim sorgen und sich bald seine eigene Trompete kaufen. Kim ging stundenweise putzen. Aber die Mieten in Soest hielten sich im Rahmen, so dass sie über die Runden kamen. Wenn nur nicht diese Rückfälle wären. Das Methadon gab einfach keinen Kick, wenn man nicht ab und zu die Dosis erhöhte. Viele andere Substituierende hielten sich durch Beikonsum von Cannabis am Laufen, das war noch die verträglichste Variante. Erst hatte er falsche Urinproben abgegeben, später aber einen anderen Weg gefunden, an mehr Methadon zu kommen. Leider hatte er sich damit erpressbar gemacht und etwas getan, dass ihn vollends ins Unglück stürzen würde.

25.

Das Filmmuseum

Nick wollte gerade die Tür des Kaffeehauses 1825 am Markt öffnen, als Eva auf ihn zulief. Von der Kälte ihres Fußmarsches hatte sie rosige Wangen und weiße Atemwölkchen vorm Gesicht. Er musste unwillkürlich lächeln, als er sie sah und begrüßte sie mit einer Umarmung. Ihre Haut war eiskalt.

„Wie geht es dir?“ fragte er.

„Tja, ich hatte mir Weihnachten eigentlich anders vorgestellt. Ich fühle mich nur noch müde und hilflos.“

Sie nahmen im Obergeschoß Platz.

„Wie war das Essen gestern mit deinen Eltern?“

„Die schweigen sich auch nur an. Nicht gerade das leuchtende Beispiel für eine gute Beziehung. Entweder geht ihnen der Tod von Tante Herta nicht besonders nahe oder sie haben nie gelernt, über ihre Gefühle zu sprechen. Ehrlich gesagt fällt es mir schwer, das zu ertragen. Diese Einsamkeit in der Zweisamkeit. Aber das ist wohl typisch für diese Generation."

„Mag sein. Wahrscheinlich hatte ich Glück, meine Eltern waren die Ausnahme von der Regel." sagte Nick.

Der Kellner trat an den Tisch. „Zweimal Frühstück, ein Darjeeling Tee und ein Cappuccino." bestellte Nick, nicht ohne sich mit einem fragenden Blick zu Eva ihres Einverständnisses zu vergewissern.

„Das klingt beneidenswert." bemerkte Eva.

„Vermutlich ist es das. Ich meine, sie hatten durchaus ihre Sorgen. Mein Vater hatte beruflich eine wirklich desaströse Erfahrung machen müssen. Er kam nur schlecht damit klar, aber meine Mutter war nie verzweifelt. Sie war immer die Ruhe selbst und unterstütze ihn, gab ihm Kraft und Zuversicht."

„Mir wird ganz warm ums Herz, wenn Du so redest." Eva traten schon wieder Tränen in die Augen. „Entschuldige, das ist die Anspannung der vergangenen Tage."

„My dear, ich wollte Dich nicht zum Weinen bringen." sagte Nick entsetzt und legte seine Hand auf ihren Arm. Er hätte sich nicht zu so viel privatem Geplänkel hinreißen lassen sollen. Zeit, das Gespräch professioneller zu führen.

„Hier habe ich Dir meinen Bericht mitgebracht. Kurz gesagt, ich finde es gibt zu viele Verdachtsmomente, um jetzt mit den Ermittlungen aufzuhören. Neben dem wahrscheinlich gefälschten Abschiedsbrief sind möglicherweise auch die Medikamente von irgendjemandem in Hertas Wohnung deponiert worden."

„Wie kommst Du denn darauf?" fragte Eva erstaunt.

„Ich habe nochmal mit der Galeristin gesprochen und sie ist der festen Meinung, dass Herta nie Medikamente genommen hat."

„Kann gut sein, sie hat mir auch immer homöopathische Tipps gegeben, bei Zahnschmerzen, Erkältung, egal was ich hatte, sie hatte irgendwelche Globuli in petto."

„Also hat jemand die Antidepressiva versteckt, um eine falsche Fährte in Richtung Selbstmord zu legen. Oder es war ein Versuch, sie zu vergiften. Es bleiben noch jede Menge Fragen offen. Wer hatte die Mittel, die Gelegenheit und ein Motiv? Neben dem Pfarrer und der Galeristin gibt es vielleicht noch weitere Beteiligte, die wir noch nicht kennen. Und was die Medikamente angeht und auch den Zugang zu ihrer Wohnung, ist leider dein Vater der Hauptverdächtige."

„Bitte? Was soll denn mein Vater für einen Grund haben, seine eigene Schwester zu ermorden?" rief Eva erschrocken, woraufhin sich die anderen Gäste erstaunt zu ihnen umdrehten.

„Das ist der springende Punkt. Er hat kein Motiv, oder wir erkennen es noch nicht, weil wir nicht genügend Fakten gesammelt haben."

„Das führt doch zu nichts. Mein Vater, das ist doch lächerlich." sagte Eva erbost. „Kann es sein, dass du nur weitermachen willst, um zu kassieren?"

Nick hatte den Eindruck, sie sei kurz davor, den Laden zu verlassen und lenkte ein: „Aber nein. Entschuldige, ich habe volles Verständnis dafür, wenn Du die Recherche einstellen möchtest. Betrachte meine Unterlage als Abschlussbericht. Du willst dich sicher auf die Beerdigung konzentrieren und endlich Abschied nehmen von deiner Tante und wieder Frieden finden.“ Er schenkte ihr ein nachdenkliches Lächeln.

Eva war hin- und hergerissen. Eben noch war sie enttäuscht, jetzt wieder fühlte sie sich so verstanden wie lange nicht. War er etwa am Ende auch einer dieser Typen, die sie um den Finger wickelten und emotional manipulierten? Andererseits war sie in einer emotionalen Ausnahmesituation. Pragmatisch widmete sie sich erstmal ihrem gerade servierten Frühstück.

Nick sah den Teller an und dachte wehmütig an Eier, Speck und Baked Beans. Ein kurzer Blick auf seinen Bauchansatz motivierte ihn dann doch zum Griff nach dem Vollkornbrot. Er hatte eine bemerkenswerte Grundfitness, Folge seiner langen Jahre des harten Trainings bei der Armee. Und auch jetzt noch trainierte er jeden zweiten Tag mit Hanteln und joggte. Aber der Bauch ließ sich nicht vermeiden.

Eva bemerkt seinen frustrierten Blick und bezog ihn fälschlicherweise auf das vorausgegangene Gespräch. Gleich war er ihr wieder sympathischer.

„Was ist denn mit der Rechnung?“ fragte sie.

„Ach, das hat Zeit, die kann ich dir auch zuschicken, du hast jetzt erstmal andere Sorgen. Wann ist denn nun die Beerdigung?“

„Morgen früh um zehn Uhr schon. Und danach sind wir beim Nachlassgericht zur Testamentseröffnung.“

„Das geht ja schnell.“

„Ja, dann werde ich auch abreisen.“

„Schade.“ sagte Nick. Eva sah ihn an und wartete, ob er sein Bedauern noch ausführlicher erläutern würde, was nicht geschah. Wie hatte er das wohl gemeint?

„Wenn bei der Testamentseröffnung etwas Wichtiges herauskommt, sagst du mir aber Bescheid, ja?“

„Was haben wir gerade besprochen?“ insistierte Eva.

„Okay, okay. Aber eine Sache muss ich noch loswerden: Deine Tante hatte angeblich ein wertvolles altes Bild, oder war kurz davor es zu beschaffen. Vielleicht ist das ja Teil der Erbmasse. Luise hatte erzählt, dass sie es schätzen lassen wollte. Also, falls es vielleicht kein anderer Verwandter haben will, solltest du zugreifen."

„Danke für den Tipp." lachte Eva. „In ihrer Wohnung war es wohl nicht. Ob sie es irgendwo eingelagert hatte?"

„Luise meinte, dass sie es zu einem Termin mit einem Gutachter besorgen würde, kann also auch gut sein, dass sie es nur irgendwo gesehen hatte und ausleihen wollte. Wer weiß." Nick wollte nicht mehr darauf pochen, dass er den Eindruck hatte, dieses Bild sei wichtig für die Aufklärung des Falls. Er war froh, dass Eva wieder lachte.

Plötzlich wurde Eva nachdenklich und fing an, in ihrer Handtasche zu kramen. „Luise hat doch erzählt, dass sie oft in Ausstellungen gegangen sind. Könnte doch sein, dass sie das Bild dort gesehen hat?"

„Unwahrscheinlich, wenn Luise dabei war, hätte sie ihr es doch sicher sofort gezeigt. Außerdem wird der Kurator der Ausstellung wohl selber wissen, wieviel die Bilder wert sind, geschweige denn es an eine Besucherin verleihen."

„Auch wieder wahr." Sie fischte ein Buch aus ihrer Handtasche. „Ich habe angefangen, das Buch zu lesen, das Tante Herta auf Ihrem Nachttisch hatte. Und rate mal, was ihr Lesezeichen war."

Wollte sie jetzt seine detektivische Kombinationsgabe testen? Woher sollte er wissen, was das Lesezeichen war?

Ungeduldig fragte er: „Ein Bild?"

„Nein, eine Eintrittskarte von einer Ausstellung. Schau: „Anfänge der Filmgeschichte" im Filmmuseum Düsseldorf. Läuft noch bis Januar." sagte sie nachdenklich.

Nick witterte seine Chance. „Ich mache Dir einen Vorschlag: Wir fahren zusammen nach Düsseldorf und sehen uns die Ausstellung an. Einfach so, zu Ehren deiner Tante. So kannst du nochmal sehen, womit sie sich in ihren letzten Tagen beschäftigt hat. Und vielleicht finde ich ja irgendeinen Hinweis. Aber ich berechne selbstverständlich nichts! Im Gegenteil, ich bezahle auch dein Ticket. Was sagst du?“ Er grinste Sie an, in der Gewissheit, ein unwiderstehliches Angebot gemacht zu haben.

Eva fand es ihrer Mimik nach zu urteilen durchaus fragwürdig, willigte aber ein. Irgendwie musste sie diesen Tag ja noch rumkriegen.

Als sie Nicks Wagen erreichten, öffnete er galant die Beifahrertür. Weniger galant war, dass er sich erstmal ins Wageninnere bücken musste, um leere Keksschachteln und Getränkedosen aufzuheben. Auf der Fahrt nach Düsseldorf versuchte Nick nach alter angelsächsischer Sitte, Eva durch lautes Singen englischer Trinklieder aufzuheitern. Ihre anfängliche Skepsis ob dieses fremdartigen Verhaltens wich schon nach wenigen Sekunden ausgelassenem Frohsinn. Das hatte sie gebraucht.

Am Rheinufer entlang fuhren sie zum Alten Hafen und parkten. Das Museum lag im Herzen der Altstadt und Nick versuchte sich zu erinnern, ob nicht auch ein Pub ganz in der Nähe war, falls sich die Gelegenheit ergäbe, Eva noch zu einem Cider einzuladen.

Bereits nach wenigen Schritten ergriff Nick die Faszination für die ausgestellten technischen Geräte aus der Anfängen der Kinematographie: Verschiedene Camera Obscurae aus den 1880er-Jahren, Filmprojektoren und Kameras vom frühen Zwanzigsten Jahrhundert bis in die Gegenwart. Er war als Schulkind nie gerne in Museen gegangen und musste sich eingestehen, dass es wohl ein Fehler war, bisher niemals freiwillig und zum puren Vergnügen ein Museum besucht zu haben. Evas Interesse wurde vor allem im ersten Stock geweckt, der Requisiten, Kostüme, Plakate und Fotos bekannter Filmstars beherbergte. Beeindruckt blieb sie vor dem Druck des Gemäldes *"Portrait einer Dame in Rot"* von Otto Dix stehen. Nick stellte sich hinter sie und betrachtete diese morbid anmutende Darstellung einer ausgemergelten Frau im blutroten Negligé. Dabei atmete er den frisch-blumigen Duft von Evas Haar ein. Sie konnte seinen Atem spüren, bekam eine Gänsehaut und wandte sich erstaunt um. Dabei streiften ihre Lippen beinahe sein Kinn und nur durch eine hektische Ausweichbewegung konnte sie diese ungeplante Kollision im letzten Moment verhindern. Sie spürte wie ihr die Röte in die Wangen stieg. Erfreut und verwirrt gleichermaßen, lenkte sie ihre Konzentration wieder auf das Porträt und den erläuternden Text.

„Das Bild habe ich schon so oft gesehen, aber mir war gar nicht klar, wen es darstellt. Das ist die fünfundzwanzigjährige Tänzerin Anita Berber."

„Meine Güte, hat sich aber nicht gut gehalten, die Lady. Wie fünfundzwanzig sieht sie nun wirklich nicht aus." staunte Nick mit Blick auf die verblühte Schönheit.

„Genau, Otto Dix hat sie so alt gemalt, wie sie niemals wurde. Mit Neunundzwanzig starb sie schon an ihrem exzessiven Drogenkonsum. Ob er geahnt hat, dass sie innerlich schon am Ende ihrer Lebenskraft war? So jung und schon verbraucht, traurig. Aber was für ein

Lebenswandel, lies mal! Eigentlich hatte sie sogar komplett nackt Modell gestanden."

Nick war nicht gerade kunstversiert, musste aber dem Kommentar neben dem Bild beipflichten:

Die Aura des Bildes schwankt zwischen der Erotik des sich unter dem transparenten Kleid abhebenden Brüste und dem starren Ausdruck des eingefallenen, stark geschminkten Gesichts. Die Genialität Dix besteht darin, die Maske der Berber zu durchschauen und ihr selbstdestruktives Innerstes auf die Leinwand zu bannen."

Interessiert lasen sie in der Vita:

„Anita Berber sorgte mit ihren Bühnenauftritten für Skandale. Sie war DIE expressionistische Ausdruckstänzerin, die die bürgerliche Gesellschaft der Weimarer Republik schockierte und zugleich faszinierte. Anita Berber galt als verrucht, Vamp und Femme fatale, das Sinnbild des puren Exzesses und der neuen,

begehrenden Frau zugleich und als die Verkörperung des weiblichen Bohèmiens. Anita Berber prägte auch die Mode der Zeit. Sie war die erste Frau, die einen Smoking trug: „Eine Zeit lang machten ihr in Berlin die mondänen Weiber alles nach. Bis aufs Monokel. Sie gingen à la Berber." Ihre exzessive Lebensweise sorgte immer wieder für Anstoß und Aufsehen. Sie zog Skandale förmlich an, sie nahm Morphin und Kokain, trank pro Tag eine Flasche Cognac und prügelte sich mit jedem, der ihr quer kam. Ihre Hemmungslosigkeit verkörperte den wilden Drang ihrer Generation zu leben, ohne Gedanken an eine schon verlorene Zukunft. Sie war schon immer so, wie die Deutschen erst durch die Inflation wurden: verschwenderisch. Nicht aber aus Prasserei, sondern weil ihr das Wort Zukunft völlig egal war. Dadurch wurde sie zum Idol der Inflation, zu ihrer Todesgöttin. Ihre oft nackt dargebotenen Tänze mit Titeln wie „Kokain" oder „Tänze des Lasters, des Grauens und der Ekstase" führten immer wieder zu tumultartigen Szenen während der Auftritte. Anita Berber machte Schluss mit jeder preußischen Disziplin und war berüchtigt für ihre Unpünktlichkeit und Unzuverlässigkeit. So manches Mal fiel ein Auftritt aus, weil sie betrunken war oder von Morphium und Kokain benebelt."

„Unglaublich, dass man damals so frei von Konventionen leben konnte, und dann in den Fünfzigern die Gesellschaft wieder komplett bürgerlich wurde." sinnierte Eva.

„Wer weiß, wie sich die Gesellschaft entwickelt hätte, wenn Hitler und der Krieg nicht gewesen wären."

„Und die Wirtschaftskrise! Die hat den Nazis ja erst den Zulauf beschert."

Nachdenklich und für mehrere Minuten schweigend gingen sie weiter, vorbei an Vitrinen mit Federboas, Zylindern, Zigarettenspitzen, Fransenkleidern und eleganten Handschuhen.

Vor ihnen erhob sich eine große zylindrische Konstruktion aus dunklem Holz mit Gucklöchern und im Kreis angeordneten Stühlen: Das Kaiserpanorama. Nick und Eva nahmen Platz und schauten neugierig hinein. Eva versuchte die Verzückung nachzuspüren, die die Menschen empfunden haben mussten, als sie dieses mit einfachen Bewegungs- und Lichteffekten erzielte 3D-Spektakel erlebten, lange bevor das Kino erfunden wurde. Sie warf Nick einen Seitenblick zu und bemerkte, wie angenehm seine Begleitung war. Mit ihm konnte man entdecken, staunen, lachen, diskutieren und wunderbar gehaltvoll schweigen.

Sie gingen weiter und näherten sich einen Werbeplakat des Berliner Wintergartens.

„Sieh mal, das gibt´s doch nicht! Großtante Lissy!“ rief Eva und starrte auf das Bild der schönen Frau.

„Lissy LaBelle? Hieß sie nicht Schneider?“ fragte Nick.

„Doch, Elisabeth Schneider. Sie hatte wohl ein Faible für gewagte Künstlernamen.“

„Sieht unglaublich schön aus!“

„Ja, nicht wahr?“ Evas Augen leuchteten vor Bewunderung. „Kaum zu glauben, dass sie die Schwester meines Opas war. Der war irgendwie grobschlächtig, eher bäuerlich. Naja, er hat auch noch gehinkt, das machte ihn nicht hübscher. Und sie wirkt so elegant. Das Make-Up, die langen Wimpern, das rote Haar. Und sie ging „á la Berber“.“ So nannte sich der Trend, als Frau Krawatte und Anzug zu tragen, wie sie kurz zuvor gelesen hatten.

Neben dem Filmplakat stand eine beleuchtete Vitrine mit einigen Fotos und privaten Gegenständen der Künstlerin. Auf einem Foto posierte sie in ihrer Wohnung. Sie trug ein bodenlanges, figurbetontes Kleid und ein auffälliges Smaragd-Collier. Im Hintergrund sah man dunkle samtene Vorhänge und am Rand des Fotos ein Gemälde, auf dem sich ein unbekleidete Dame auf Laken räkelt. Ein weiteres Foto zeigte sie singend mit laszivem Augenaufschlag auf einer Bühne.

Neben den Fotos lag eine Schallplatte in stark vergilbtem Umschlag und eine Kurz-Vita.

„Mein Gott, sie ist genau wie die Berber ganz jung, mit 28 Jahren, an einer Koks-Überdosis gestorben.“ Eva schaute Nick mit geweiteten Augen an.

„Wusstest Du das nicht?“

„Nein. Ich verstehe nicht, wieso niemand in der Familie je darüber gesprochen hat.“

„Vielleicht war es ihnen peinlich?“

„Gut möglich, aber über sowas muss man doch sprechen! Ich finde das schrecklich, diese falsche Scham, das ist doch verlogen. Wer weiß, was in unserer Familie noch alles verschwiegen wird.“

„Erzählst du deinen Eltern denn alles?“

„Nein, natürlich nicht.“

„Da hast du´s. Der Mensch ist nicht fehlerlos.“

26.

"Was uns erschöpft, ist die Nichtinanspruchnahme der Möglichkeiten unserer Organe und unserer Sinne, ist ihre Ausschaltung, Unterdrückung ... Was aufbaut, ist Entfaltung. Entfaltung durch die Auseinandersetzung mit einer mich im Ganzen herausfordernden Welt."

Hugo Kükelhaus, Pädagoge, Handwerker, Philosoph, Künstler, Forscher, Schriftsteller und Gestalter der Buntglasfenster der Friedhofskapelle im Osthofen-Friedhof

Es war ein kalter, grauer Dezembermorgen, gerade passend zum traurigen Anlass von Hertas Bestattung. Die schwarz gekleidete Trauergemeinschaft schritt durch das Eingangsportal des Osthofen-Friedhofs. Eva war überrascht über die vielen Menschen: Neben Ihren Eltern, dem Pfarrer und Luise kamen zahlreiche Gemeindemitglieder, um ihr die letzte Ehre zu erweisen. Aus den Kennzeichen der parkenden Autos schloss sie, dass auch einige Auswärtige angereist waren. Melancholie ergriff sie. Sicher war die Beerdigung ihres Vaters die nächste, die sie erleben würde. Wer würde da außer ihr und ihrer Mutter kommen? Die Angestellten aus der Apotheke vielleicht? Freunde hatte er eigentlich keine. Wieso waren die meisten Männer bloß so einsame Wölfe? Und wer würde einmal zu ihrer eigenen Beerdigung kommen? Kinder würde sie wohl kaum noch bekommen. Umso wichtiger wurde ihr Freundes- und Kollegenkreis für sie.

Ihre Mutter ergriff ihre Hand. „Nimm es Dir nicht so zu Herzen, Kind. Immerhin hat sie ihr Leben gehabt."

Eva wollte ihre Gedanken nicht erklären und warf ihr nur ein dankbares Lächeln zu.

Sie betraten die Friedhofs-Kapelle. Herta war auf einem Podest aufgebahrt, aufgrund ihres unappetitlichen Zustands jedoch im geschlossenen Sarg. Der Pfarrer Peer Matthei hielt noch inne vor seiner Rede, bis die letzten Besucher ihre Sitzplätze erreichten. Heinz, Marlies und Eva nahmen als nächste Angehörige in der ersten Reihe Platz. Als Marlies ihren Mantel auszog, bemerkte Eva die schöne grüne Kette, die sie trug. Sie wollte ihr erst ein Kompliment für das geschmackvolle Stück machen, hielt sich dann aber zurück. Es wäre wohl doch etwas unpassend, in diesem Moment der Schwermut über derart Oberflächliches zu reden. Schon saßen ihre Eltern wortlos, den Blick zu Boden gerichtet, da. Eva sah sich um. Die Kapelle war schon fast voll. Da sah sie Nick hereintreten.

Er nahm ganz hinten Platz. Keinesfalls wollte er die Intimität der Trauergemeinde stören. Eigentlich war ihm selber nicht klar, was er hier zu finden hoffte. Da Eva ihm klar zu verstehen gegeben hatte, dass sein Auftrag beendet war, andererseits eine gewisse Anziehung zwischen ihnen nicht zu leugnen war, würde er zumindest noch ihren Anblick genießen können, bevor sie morgen Soest verlassen würde.

„Verehrter Herr Schneider, verehrte Trauergemeinde," begann der Pfarrer seine Trauerrede. Er berichtete besonders von Hertas Engagement in der Gemeinde, ihrer Hilfsbereitschaft, ihrer Leidenschaft für den Gesang und die große Lücke, die ihr Tod gerissen hatte. Die intimen Verstrickungen zu Luise und ihm erwähnte er mit keinem Wort. Eva war darüber erst enttäuscht, dann aber mit Blick auf ihre Eltern doch erleichtert.

Nach der Rede zog die Gemeinde, dem Sarg folgend, zur Grabstätte. Dort angekommen, bemerkte Eva drei alte Damen mit ungewöhnlicher Ausstrahlung: Eine trug einen schwarzen Hut mit Netzschleier, die andere hatte lange lackierte Fingernägel, die dritte trug ein sonderbar wallendes Kleid. Sie standen am Rand und trösteten sich gegenseitig. Eva bemerkte, wie Luise ihnen zunickte. Sicher waren das die Auswärtigen, dachte Eva. Wahrscheinlich weitere Freundinnen, mit denen sie kulturell - oder amourös? - unterwegs gewesen war. Nie würde sie verstehen, wer ihre Tante wirklich gewesen war.

Während die Trauernden einer nach dem anderen Erde in das offene Grab warfen, plauderte Nick weiter abseits an einen Baum gelehnt mit der Bestatterin.

„Und Sie haben also die Tote nicht nur gewaschen und versorgt, sondern waren sogar bei der Obduktion dabei? Das ist ja wunderbar."

„Wenn Sie meinen..." erwiderte Franziska Werner verwundert. Nur selten äußerten sich Männer so enthusiastisch über ihren Beruf.

„Der Kommissar sagte der Familie Schneider, dass bei der Obduktion hohe Mengen Antidepressiva im Blut festgestellt wurden."

„Ja, das ist korrekt, aber die Todesursache war eindeutig der Sturz, Polytrauma."

„Sicher. Aber ich werde das Gefühl nicht los, dass hier irgendetwas nicht stimmt. Zum Beispiel die Antidepressiva. Jeder der sie näher kannte sagte, dass sie nicht zu Depressionen neigte und grundsätzlich nie Medikamente nahm. Sie haben doch schon unzählige Todesopfer gesehen. Ist Ihnen nicht vielleicht etwas Ungewöhnliches aufgefallen?"

„Also, das waren schon auch für mich ungewöhnlich starke Verletzungen. Die Arme war ja kaum noch zu erkennen. So einen Sturz aus so großer Höhe kommt mir nicht alle Tage auf den Tisch.“

Nick schaute ihr verständnisvoll und aufmunternd in die Augen, in der Hoffnung, sie so zum Reden zu animieren.

Leider erfolglos, denn sie schwieg.

Nick sah zu Eva, die zwar blass, aber großartig aussah in ihrem schwarzen Kleid. Es war ihr anzusehen, dass sie fror. Sie hatte ihren schwarzen Mantel in Berlin gelassen - wer konnte schon ahnen, dass sie ihn brauchen würde - und nur eine kurze Jacke übergezogen. Als sie seinen Blick bemerkte, sah sie ihn stirnrunzelnd an.

„Ja, dann, vielen Dank, Frau Werner.“ sagte Nick und wollte sich gerade wegdrehen, als ihr doch noch etwas einfiel:

„Aber was schon komisch war: Sie hatte so ein Hühneraugenpflaster am kleinen Zeh, sowas habe ich noch nie gesehen: Die Haut darunter sah schlimm aus, richtiggehend verätzt. Eine ganz tiefe Wunde war das. Muss ziemlich wehgetan haben.“

Die Trauergemeinde löste sich auf und Eva ging zu Nick.

„Mit wem hast du denn da geflirtet?“ fragte Sie.

„Wieso geflirtet? Das war die Bestatterin. Ich habe nur Erkundigungen eingeholt. Sag bloß, Du bist eifersüchtig?“ erwiderte Nick schmunzelnd.

27.

Open your Eyes - I'm still by your side

More than a friend

Trust me and we can start dreaming again

And it's Christmas, and it's Christmas...

"Father to a child", The Baseballs

Nach der Beerdigung ging Eva mit ihren Eltern nach Hause. Ihr Vater hatte kein Interesse daran gehabt, einen Leichenschmaus auszurichten. Außerdem sollte bereits um vierzehn Uhr die Testamentsvollstreckung stattfinden. So fuhren sie direkt nach der Beerdigung nach Hause, um sich umzuziehen.

Als sie die Bauhaus-Villa erreichten, stand ein blauer Kastenwagen mit der Aufschrift „Hunold Haustechnik" vor der Tür. „Herrje, in dem ganzen Trubel hatte ich völlig vergessen, dass die Heizung heute gewartet wird. Die Benachrichtigung war letztens in der Post." Der Handwerker begrüßte sie herzlich mit Handschlag.

„Entschuldigen Sie, dass ich so unpassend komme. Mein Beileid.“ sagte Ralf Hunold mit Blick auf ihre schwarze Bekleidung.

„Ach was, was sein muss, muss sein.“ erwiderte Heinz.

Mehr als unpassend, dachte Eva. Sie kannte den Handwerker schon, seit sie denken konnte. Jedes Jahr, immer um Weihnachten herum, wurde die Heizung gewartet.

„Wie geht es Ihnen, Fräulein Eva? Was macht das Leben in Berlin?“ fragte er.

„Danke, gut, oder vielmehr den Umständen entsprechend. Arme Tante Herta. Ich hatte mir das Weihnachtsfest friedlicher vorgestellt. Nachher fahre ich zurück nach Berlin, dann hat mich der Alltag wieder.“ erwiderte Eva. Er schaute sie mit gewohnt freundlich-interessiertem Blick an. Es lag etwas Intensives, beinahe liebevolles darin. Wann immer Eva in ihrer eigenen Wohnung Handwerker bemühen musste, war sie latent enttäuscht, dass sie so viel unfreundlicher waren als Herr Hunold. Ein seltenes Exemplar dieser Spezies, dachte sie.

Sie bemerkte nicht die tief verbundenen Blicke, die ihre Mutter mit ihm austauschte.

Sie betraten die Anwaltskanzlei am Nöttentor. Die Kanzlei lag direkt am Wall, in einer von einem herrlichen Garten umgeben Backstein-Villa mit reichhaltigen Fachwerk-Verzierungen. Im Gegensatz zu den urtümlichen, winzig kleinen Fachwerkhäusern war dieses erhabene Haus in der Belle Époque erbaut und ganz bürgerlich geprägt, mit großen Fenstern und hohen Decken. In jener Zeit war man in der Lage, hochwertig und massiv zu bauen, schätzte aber das Fachwerk als romantisches Schmuckmotiv, was sich hier in eher an ein kleines Jagdschloss erinnernden Holzstreben an Balkonen und Dachstuhl zeigte.

Der Notar Siegfried Krieger begrüßte sie und geleitete sie in sein Büro. Zu Heinz´ Verwunderung saßen bereits Peer Matthei und Luise Kaufmann vor dem wuchtigen Mahagoni-Schreibtisch. „Ich freue mich, dass Sie alle den Termin heute einrichten konnten." Sagte Herr Krieger und begann, das Testament zu verlesen. „Frau Herta

Schneider hinterlässt ihr gesamtes Vermögen der Petri-Gemeinde. Ihr Vermögen betrug 14.730€, dies war der Stand ihres Kontos. Sie hatte weder Kapitalanlagen noch Lebensversicherungen, auch keine nennenswerten Wertgegenstände. Ihre Möbel und Bücher hinterlässt sie Peer Matthei, mit der Bitte, diese zu verkaufen und den Erlös für die Gemeindearbeit zu verwenden, oder sie an Bedürftige zu verschenken. Die afrikanischen Holzbilder und die afrikanische Kette sollen Sie, Herr Matthei, persönlich behalten als Erinnerung an Ihre gemeinsame Reise und Liebe. Die Fotoalben gehen an Luise Kaufmann. Außer eines, das mit den Verwandtschafts-Fotos, welches an Eva Schneider geht. Ihre Pflanzen sollen Sie, Frau Marlies Schneider, bekommen. Für Sie, Herr Heinz Schneider, hat sie ihre Bibel vorgesehen." schloss er.

„Eine Bibel?" lachte Heinz spöttisch auf. „Herr Pfarrer, die können sie auch noch haben."

Peer und Luise blickten zweifelnd zu Heinz, Eva rollte die Augen und Marlies starrte auf ihre Schuhe. Herr Krieger, ganz der Profi und weit unangemessenere Reaktionen gewöhnt, ging über den Kommentar nonchalant hinweg und reichte ihnen die notwendigen Formulare zur Unterschrift.

28.

"Whiskey is the answer. Just can´t remember the question."

Inschrift im Fenster von Jason´s Pub

Nick packte nun endgültig seine Sachen, um nach England zu fahren. Eva hatte ihn eben angerufen, um sich zu verabschieden. Er hatte gehofft, dass sie sich wenigstens persönlich verabschieden würde, aber sie war in Eile und wollte den einzigen Schnellzug, der heute fuhr, nicht verpassen. Er überlegte, ob er nicht schnell zum Bahnhof laufen sollte, um sie zu verabschieden, entschied sich dann aber dagegen. Es hatte sowieso keinen Sinn, so sehr er sie auch begehrte, denn sie wohnte ja gar nicht hier und würde gleich bis zum nächsten Weihnachten verschwunden sein. Vielleicht würde er sie nächstes Jahr auf dem Weihnachtsmarkt sehen. Eine weitere Frau, nach der er dort die Augen aufhalten würde. Was Clarissa wohl machte? In der

Weihnachtszeit wurde er immer etwas schwermütig. Alle um ihn herum schienen im Familienglück zu schwelgen, leuchtende Kinderaugen und das ganze Pipapo. Und dann Silvester. Alle hofften, das nächste Jahr bringe die Erfüllung der ausstehenden Wünsche, große Liebe, lukrativer Job, besseres Haus... Bei ihm wurden die Jahre immer undifferenzierbarer. Eine stete Wiederholung identischer Tagesabläufe, nur zu unterscheiden durch die mal langweiligeren, mal spannenderen und dann meist auch schmerzhafteren Aufträge.

Nick hatte noch nachgefragt, wie der Termin beim Notar gelaufen war und sie hatte ihm berichtet, insbesondere von der Tatsache, dass Herta gar keine Lebensversicherung hatte. Damit war also noch immer unklar, woher die hohe Bargeldeinzahlung kam. Aber das war nun nicht mehr seine Baustelle.

Er warf einen Blick auf seine Teetasse und den Berg ungewaschener Wäsche. Er hatte gar nicht genug saubere Sachen für die Tage bei seinen Eltern. Die Feiertage waren nun vorüber, dennoch wollte er nicht nur mit Jeans und Pulli dort aufkreuzen. Also belud er die Waschmaschine mit ein paar seiner Lieblingshemden und beschloss, die Wartezeit sinnvoll in Jason´s Pub zu verbringen.

29.

„Food responds to our soul´s dream as to our stomach´s appetite"

Joseph Delteil

Frau Dr. Maria Eichwald stand geschäftig in ihrer Küche am Gasherd. Der Besuch von Franziska Werner zu Weihnachten war so schön gewesen, dass sie sie spontan erneut zum Essen eingeladen hatte. Ihr langjähriger Lebensgefährte Kai und sie hatten einen zauberhaften Abend mit angeregten Gesprächen verbracht und Franziska hatte das Essen sichtlich genossen. An den Feiertagen konnte Maria der Versuchung, jede Menge Zutaten für alle denkbaren Festmale einzukaufen, kaum widerstehen. So war sie dankbar für unerwartete Gäste.

Kai war ebenso wie sie ein Food-Junky und kochte gerne mit ihr gemeinsam. Im Herbst genossen sie gemeinsame Waldspaziergänge zum Pilze sammeln. Kai war schon als Kind regelmäßig mit seinem Vater beim Pilzesammeln gewesen und kannte die besten Plätze. Zwanzig verschiedene Pilzsorten konnte er sicher bestimmen. Von den Steinpilzen, die sie am nah gelegenen Diemelsee gesammelt hatten, waren noch ein paar getrocknete übrig, die Maria jetzt einweichte.

Ihre Küche war in Cremeweiß gehalten, mit einem Eichenholz-Dielenboden und steingrauen Wänden. Getrocknete Lavendel-Sträuße und Knoblauchkränze schufen eine gemütliche Atmosphäre. In der Küche stand ein antiker Weichholztisch mit zwei Stühlen sowie einer kleinen Sitzbank mit bunten Kissen. Hier verbrachten Kai und sie mehr Zeit als im Wohnzimmer. Der Rotwein war bereits dekantiert. Häufig gönnten sie sich bereits beim Kochen ein Gläschen.

Es klingelte und Kai öffnete Franziska die Tür.

„Hallo, meine Liebe! Schön, dass du schon zum Kochen kommst.“

„Oh ja, das lass ich mir nicht entgehen. Ein privater Kochkurs in so charmanter Gesellschaft, da bezahlen andere viel Geld dafür.“ Sie hatte einmal einen Kurs bei einem Sternekoch im Schlosshotel in Bergisch-Gladbach mitgemacht. Sehr inspirierend, aber dann doch nicht zum zu Hause Nachkochen geeignet, denn sie mochte nicht wirklich daheim mit einen lebenden Hummer kämpfen. Dergleichen würde sie hier wohl hoffentlich nicht erwarten.

„Wir kochen heute nur etwas Leichtes, nach dem ganzen Weihnachtsbraten. Oh, guck nicht so enttäuscht." lachte Kai, „Ohne drei Gänge kommst du hier natürlich nicht raus."

Franziska war erleichtert. Sie hatte sich riesig gefreut auf den kulinarischen Abend.

„Was habt ihr denn Schönes geplant?"

„Als erstes bekommst du ein Glas Crémant, meine Liebe." rief Maria aus der Küche entgegen. Sie küssten sich auf die Wange zur Begrüßung und umarmten sich.

„Oder möchtest du lieber einen Rotwein? Wir haben nämlich noch eine Kiste erstklassigen Pomerol aus unserem letzten Frankreich-Urlaub. Ein Merlot mit Cabernet Franc Anteil vom Château Ferrand. Man kann die Mineralien vom Pomerol Plateau förmlich schmecken, probier mal. Er hat schon gut Luft gekriegt."

„Hm, köstlich. Aber den Crémant nehme ich trotzdem sehr gerne noch vorneweg. Und was kochen wir?"

„Mir war heute so Französisch zumute, also dachte ich an eine Tarte fine aux bolets et noisette."

„Was heißt denn bolets?"

„Bolets sind Pilze, eigentlich müsste es „cèpes" heißen, wir machen nämlich Steinpilze. Und vorneweg einen Salat. Als Nachtisch ein winziges Moelleux aux chocolat. D´accord?"

„Mais oui, wie lecker!" antwortete Franziska versonnen. Sie hatte das Gefühl, schon beim herrlichen Klang der Worte zwei Kilo zugenommen zu haben, was ihrer Vorfreude jedoch nicht abträglich war.

Passend zum Menüplan legte Kai französische Chansons auf und sie begannen beschwingt zu kochen. Zunächst bereiteten sie den Teig vor.

„Für die Pâte brisée brauchen wir hundertfünfzig Gramm Mehl, fünfundsiebzig Gramm Butter, drei Esslöffel

Wasser und eine Prise Salz. Kannst du den bitte extra gründlich durchkneten? Dann muss der Teig eine Stunde ruhen." In der Zwischenzeit hackte Kai die Haselnüsse, die im Backofen angeröstet wurden. Maria briet Knoblauch und Speck in der Pfanne an. Dann bereiteten sie den Salat vor. Frischer Spinat wurde gewaschen und geschleudert, Pinienkerne angeröstet, und in das Salatdressing gaben sie, nicht wirklich französisch, aber sehr schmackhaft, Crema di Balsamico al cacao. Als die Tarte mit Crème fraîche und den weiteren Zutaten befüllt im Ofen stand, setzten sie sich zu Tisch. Dort stand schon ein Gläschen Tapenade aus schwarzen Oliven und frisches Brot bereit.

Ein dreistimmiges „Santé!" erklang zu den klirrenden Gläsern. Sie plauderten über verschiedene kulinarische Erlebnisse in den letzten Frankreich-Urlauben und wie bedauerlich es war, dass die deutschen Supermärkte nur ein so eingeschränktes Sortiment boten. Leider war die Strecke von Soest doch zu weit, um schnell am Wochenende zum Einkaufen nach Frankreich zu fahren, so wie ein befreundetes Pärchen aus der Pfalz es tat. Die warme Tarte schmeckte köstlich zu dem frischen Salat.

„Sag mal, Maria, ich hatte ein interessantes Gespräch bei der Beerdigung von Herta Schneider.“ wechselte Franziska das Thema.

„Das Polytrauma durch Sturz aus großer Höhe?“

„Genau. Die hatte doch eine große Menge Antidepressiva im Blut.“

„Ja, definitiv eine Überdosis, aber nicht letal.“

„Das ist es, was ich dich fragen wollte. Die Verwandten meinten, dass sie grundsätzlich keine Medikamente nahm und auch nicht depressiv war.“

„Das ist ja merkwürdig. Aber weißt du, mit psychischen Erkrankungen geht man auch nicht hausieren, vielleicht hat sie es einfach niemandem erzählt.“

„Mag sein. Aber du erinnerst dich doch an diese sonderbare Wunde am kleinen Zeh.“

„Sicher, das Gewebe war ganz aufgelöst, als ob sie starke Säure aufgebracht hätte. Unkonventionelle, wenn auch wirksame Behandlungsmethode für ein Hühnerauge."

„Und sicher schmerzhaft, deshalb fand ich das sonderbar. Wäre es nicht möglich, dass dieses Antidepressivum über diese Wunde unfreiwillig in den Blutkreislauf kam?"

„Mädels, bei derart unappetitlichen Themen ziehe ich mich lieber in die Küche zurück und schmelze schon mal die Schokolade." verabschiedete sich Kai.

„Unwahrscheinlich, wie sollte denn das Clomipramin auf das Pflaster gekommen sein?"

„Das ist genau die Frage."

Zehn Minuten später aßen sie bereits den herrlich duftenden Schokoladenkuchen mit dem noch flüssigen Inneren. Er harmonierte vollendet sowohl mit dem vollmundigen Rotwein als auch mit dem danach servierten Espresso. Kai bekam ein großes Lob und Franziska bereute, dass sie nicht der Zubereitung beigewohnt hatte.

Franziskas Frage ließ Maria jedoch keine Ruhe.

„Weißt du, was mir noch Sorgen bereitet? Das Clomipramin hat in der Dosis zwar nicht tödlich gewirkt. Aber dennoch müsste es einige Nebenwirkungen mit sich gebracht haben."

„Ja? Welche denn?"

„Benommenheit und Sehstörungen zum Beispiel. Da hätte sie gar nicht auf den Turm steigen sollen. Und Schwindel. Um genauer zu sein: Drehschwindel. Der kann so intensiv sein, dass man umfällt."

„Oh je. Ich denke, wir sollten das dem Kommissar und diesem Engländer mitteilen." schlug Franziska betroffen vor.

30.

Back to normal?

Eva erwachte gut ausgeschlafen in ihrer Wohnung. Endlich daheim, dachte sie. Was war das für ein übler Jahresabschluss. Silvester würde ihr sicher nicht zum Feiern zumute sein. Andererseits tat es wahrscheinlich erst recht gut, sich von der guten Laune ihrer Freunde anstecken zu lassen. Ein bisschen Ablenkung wäre genau das richtige. Sie musste lachen, als sie an die letzte Silvesterparty dachte. Heiko, ihr Arbeitskollege und guter Freund, und sein Mann hatten zehn Gäste in seine liebevoll dekorierte Wohnung eingeladen, sensationell gekocht und sie hatten einen Riesenspaß gehabt: Gourmetmäßig gegessen, wild getanzt, Karaoke gesungen, jede Menge Champagner getrunken. Erst im Morgengrauen war sie heimgekommen. Am nächsten Morgen hatten sie alle die lustigsten Fotos voneinander verschickt, sich umarmend und alberne Grimassen schneidend. Das sollte sie sich nicht entgehen lassen.

Unter der Dusche musste sie an Nick denken. Ein erstaunlicher Typ. Nie war sie jemandem in so kurzer Zeit so nah gekommen. Das war sicher der besonderen Situation geschuldet, aber er hatte auch eine spezielle Art: Einerseits ziemlich cool und maskulin, dann wieder erschien er ihr warmherzig und einfühlsam. Und zuweilen drollig. Eine anziehende Mischung. Schade, dass er nicht in Berlin wohnte.

Nachdem sie in einem ihrer Charlottenburger Lieblingscafés, in der Grolmannstraße seitlich des Savignyplatzes, frühstücken gewesen war, die wichtigsten Lebensmittel eingekauft und die Waschmaschine angeworfen hatte, klingelte das Telefon.

„Hallo Papa, das ist ja nett, dass Du schon anrufst. Ich hatte ja gestern Abend ganz vergessen Bescheid zu sagen, dass ich gut angekommen bin."

„Hallo Eva. Gut zu hören, kam der Zug auch pünktlich an?"

„Ja, alles prima. Ich hab im Zug gelesen und da verging die Zeit wie im Fluge."

„Schön. Du, hat sich Mama zufällig bei dir gemeldet?"

„Nein, wieso? Ist was passiert?"

„Ach, sie ist wahrscheinlich mit den Landfrauen unterwegs und ich habe es vergessen. Jedenfalls ist sie nicht zuhause und ich wollte wissen, wann es Abendessen gibt. Bestimmt wird sie bald wieder nach Hause kommen."

„Na sowas. Zwischen Weihnachten und Neujahr machen die doch sonst nie Ausflüge, das ist doch allen zu viel wegen der Verwandtschaftsbesuche und der Kocherei. Hat sie denn ihr Handy nicht dabei?"

„Du weißt doch wie sie ist, bestimmt hat sie den Akku wieder nicht aufgeladen."

„Und wenn du bei Frau Krämer anrufst? Die organisiert doch die Touren meistens."

„Gute Idee. Sie hat also nichts zu dir gesagt? Das sie irgendwo hin will? Ich glaube, sie wollte auch zum Trödelmarkt, ein altes Bild verkaufen, hat sie darüber mal gesprochen?"

„Keine Ahnung, sie hat nichts dergleichen erwähnt."

„Na gut, danke. Sie wird schon aufkreuzen.“

„Okay Papa, aber ruf mich an, wenn sie heute Abend nicht zurückkommt.“

„Sicher, Eva. Tschüss dann.“

„Tschüss.“ sagte Eva und legte nachdenklich auf.

31.

„Wer heute den Kopf in den Sand steckt, knirscht morgen mit den Zähnen.“

Konrad Adenauer

Eine ohnmächtige Verzweiflung hatte von ihm Besitz ergriffen. Wie immer war er um 12:30 Uhr zum Mittagessen heimgekommen. Wo ihm normalerweise schon der Duft des Essens gepaart mit geschäftigen Geräuschen aus dem Küchenfenster entgegen stieg, war diesmal nur Stille. Er wunderte sich zunächst nur stirnrunzelnd. Doch als er die Tür öffnete und spürte, dass er allein war, wuchs sein Argwohn. Er stürzte in den Keller und fand seine übelsten Befürchtungen bestätigt: Die sonst verriegelte Tür stand offen. Seine seit Jahrzehnten gehüteten Schätze: Verschwunden! Wie war das möglich? Er spürte, wie ihm das Blut in die Füße sackte und ihm schwindelig und kalt wurde. Reglos stand er da, musste sich festhalten. Tief durchatmen, befahl er sich selbst. Wo einst Ölgemälde hingen, hatte der Staub eines ganzen Lebens dunkle Schatten hinterlassen. Auch die Skulptur der Jagdgöttin, sein Lieblingsstück, hatte sie mitgenommen. Die emaillierte Kaminuhr. Und was am schlimmsten war: Die hölzerne Schmuckschatulle mit dem Frauenrelief. In ihrem Samtbezug ruhten die wertvollen Ketten und Ringe. Noch nicht einmal vor dem kleinen, mit Intarsien besetzten Jugendstil-Kaffeetisch hatte sie Halt gemacht. Nur den Sessel und das Sideboard hatte sie dagelassen.

Dann stieg eine heiße Welle unbändiger Wut in ihm empor. Dieses dumme Stück! Was hatte sie getan? Er schlug mit aller Kraft gegen die schwere Brandschutztür, die all seine Preziosen so lange sicher verwahrt hatte. Erst als seine Knöchel blutig waren, sackte er in sich zusammen.

Er hätte es verhindern müssen, gleich als sie sein Geheimnis aufgespürt hatte. Wieso hatte er nur gezögert? Ein dummer Zufall hatte alles zerstört. Wieso musste das ihm passieren? Vater hatte nie die Kontrolle verloren, dabei hatte er das Versteck fast sechzig Jahre geheim gehalten, ohne dass Mutter es bemerkt hätte. Magdalene war auch schon mit sechzig an Brustkrebs gestorben. Er selber stieß erst achtundzwanzig Jahre später, nach Wilhelms Tod darauf. Er hatte mit Marlies und Eva sein Elternhaus bezogen und beim Renovieren des Kellers die geheime Tür entdeckt. Seit er denken konnte, hatten Regale mit Konserven vor der Wand gestanden. Sie waren völlig morsch und verdreckt, die Konserven längst abgelaufen, so dass er die Regale auseinandernahm, um sie zum Sperrmüll zu bringen. Zuerst bemerkte er die metallene, passend zur Wand weiß gestrichene Tür. Das Regal, was davor stand, war fast leer und leicht zu bewegen. Die Tür war verschlossen, woraufhin er den ganzen Keller nach einem Schlüssel absuchte. Er fand ihn an die Unterseite eines Regalbretts geklebt. Sein Vater musste den geheimen Keller schon lange nicht mehr betreten haben. Als er ihn öffnete, konnte er nicht verstehen, was er sah. Aber auf dem Kaffeetisch lag ein Brief. Ein Abschiedsbrief seines Vaters, der alles erklären sollte.

Er wusste nicht, wie er reagieren sollte. Alles verkaufen? Mit Marlies den Reichtum genießen? Aber dann würden alle erfahren, woher die Wertgegenstände stammten. Darum entschied er, Marlies nichts zu erzählen. Er kaufte noch am selben Tag neue Regale und platzierte sie an gleicher Stelle. So trat er also die Nachfolge seines Vaters an als Wächter des Familienerbes.

Bis zu jenem verfluchten Tag: Marlies hatte wie jedes Jahr die Landfrauen zum Kuchenessen eingeladen. Die Gruppe von vierzehn Frauen organisierte Feste und Ausflüge und traf sich reihum im Wechsel einmal im Monat bei einem der Mitglieder. Gemeinsam wollten sie backen und machten sich deshalb über die Obstkonserven im Keller her, als zwei der Damen zusammenstießen und die Gläser mit Preiselbeeren und Mandarinen am Boden zerschellten. Eilfertig und patent machten sie sich sofort daran, das Malheur zu beseitigen. Der klebrige Sirup war jedoch derartig unter das Regal gesickert, dass die Damen kurzen Prozess machen und das Regal leer räumten und von der Wand abrückten, um auch darunter zu wischen. Am Abend erzählte Marlies von ihrer Entdeckung. Glücklicherweise hatte sie den Schlüssel nicht gefunden. Heinz beschwichtigte sie und behauptete, dass laut Bauplan hinter der Tür nur ein alter Schacht vom Heizungskeller sein könnte. So vergaß sie die Tür zunächst. Heinz bemühte sich fortan, den Keller als sein Territorium auszubauen und richtete sich eine Werkstatt ein. Alle Konserven wurden in einer modernen neuen Küche mit ausziehbarem Apothekerschrank verstaut. Er wiegte sich also in Sicherheit, als sie plötzlich letzten Monat mit dem Smaragd-Collier vor ihm stand. Sie hatte beim Putzen den Schlüssel gefunden, den er in der kleinen Schublade seines Sekretärs verwahrte. Und da kam ihr der Gedanke, er könnte zur Tür passen. Wie aufgeregt sie war. „Heinz, das musst Du Dir anschauen. Lauter schöne alte Sachen von Wilhelm und Magdalene." Sie vermutete, dass Wilhelm schlicht vergessen hatte, sie vor seinem Tod über den Raum in Kenntnis zu setzen. Glücklicherweise hatte er den Brief schon drei Tage, nachdem er die Entdeckung machte, verbrannt. Das Familiengeheimnis und die Ehre seines Vaters mussten geschützt werden.

Die Kette trug sie nun zu jeder feierlichen Gelegenheit, obwohl sie – seiner Meinung nach – viel zu pompös war. Eines der Gemälde, ein obszönes Machwerk mit einer nackten Frau, wollte sie sogar über das gemeinsame Ehebett hängen. Es war erschreckend, wie schnell das geistige Erbe der verpönten Vorfahrin sich in seinem anständigen Haushalt breitmachte. Nicht umsonst wäre dieses Bild, hätte man es im dritten Reich gefunden, als entartete Kunst gebrandmarkt worden.

Er hatte bei jeder Gelegenheit abgewiegelt, die Gegenstände als altmodisch und Flohmarkt-Krempel bezeichnet, damit sie nicht den wahren Wert erkannte.

Nun war alles fort. Was konnte das bedeuten? Vielleicht hatte Marlies die Landfrauen angeheuert und alles zum Trödelmarkt geschafft? Dann könnte er sie noch aufhalten und sein Vermögen sichern.

32.

„Je oller, je doller."

Altgermanische Weisheit

„Hallo Frau Krämer, Eva Schneider hier."

„Ja, die Eva, ist das denn die Möglichkeit. Wie schön von dir zu hören! Mensch, das ist ja ewig her, dass ich deine Stimme gehört habe. Wie nett, dass du anrufst, meine Kleine. Und das tut mir ja so Leid mit deiner Tante, Kindchen. Sowas Schreckliches! Und das an den Feiertagen! Bist du denn noch in Soest? Kommt doch vorbei, du und Marlies, ich hab noch was vom Christstollen übrig. Das wär doch schön!"

„Nein, danke, Frau Krämer, aber das geht gar nicht, ich bin schon wieder in Berlin."

„Ja, sowas. Und warum rufst du denn an?" unterbrach Frau Krämer sie gleich wieder.

„Das wollte ich ja gerade sagen. Ich mache mir Sorgen um Mutti. Die ist nicht zu Hause und Papa weiß gar nicht genau, wo sie sein kann. Er erzählte was von Flohmarkt, da wolle sie ein paar Bilder verkaufen. Kann das sein? Sie sprechen doch regelmäßig mit ihr. Hat sie sowas kürzlich erwähnt?"

„Na, das ist ja wieder typisch Heinz, hört Marlies auch nie richtig zu. Und überhaupt, jetzt schleppt sie sich alleine mit dem Flohmarktkram ab? Das ist doch unmöglich. Da kann er ihr ja wohl helfen!"

„Ja, sicher, aber wir wissen gar nicht, ob sie wirklich heute zum Flohmarkt wollte. Hat sie denn davon gesprochen?"

„Nein, also das nicht. Ich war ja letztens erst bei ihr, sie hatte ja das letzte Landfrauentreffen ausgerichtet. War das schön! Wir hatten Kuchen gebacken und Obstlikör getrunken, hihi. Heidi hatte sogar ihren selbstgemachten Eierlikör mitgebracht. Richtig schön gemütlich hatten wir´s da, woll? Aber von Flohmarkt hat sie nichts erzählt."

„Schade. Gibt es denn sonst noch jemanden, mit dem sie engeren Kontakt hat, den ich fragen könnte? Oder gab es noch ein anderes Treffen vor Weihnachten?“

„Lass mich mal nachdenken. Ach, sicher, da war doch diese Dessous-Party.“

„Diese was?“

„Ja, also ich hatte da keinen Bedarf, aber deine Mutter hatte uns alle eingeladen, und stell Dir vor, fünf Frauen sind tatsächlich gekommen. Das läuft ja genauso wie die Tupper-Parties, kennst Du doch, eine lädt ein, dafür bekommt sie was umsonst und je mehr die Freundinnen bestellen, desto mehr kriegt sie geschenkt. Und dann kommt die Tupper-Dame nächstes Mal zu einer Teilnehmerin nach Hause. Das ist ganz wunderbar, ich hab auch schon tolle Schüsseln bekommen, und so praktisch, man muss ja nicht mal vor die Tür.“

„Sie einer an. Und wer war denn alles da?“

Eva schrieb eine Liste, die sie abtelefonieren würde. Was die Alten in Soest so alles hinter ihrem Rücken trieben, ging offensichtlich auf keine Kuhhaut.

33.

Cherchez la femme

Es hätte ihr klar sein sollen: Selbstverständlich war Anja, die Stammfriseurin all ihrer Soester Freundinnen – auch bei den älteren Semestern sehr beliebt - maßgeblich an der Dessous-Party beteiligt gewesen. Sie hatte Marlies beim letzten Haareschneiden offenbar durch ihre gewohnt heiteren und enthusiastischen Erzählungen animiert, dergleichen für ihre Freundinnen anzubieten. Anja freute sich über die Vermittlungsprovision in Form eines String-Tangas, über den reichlich ausgeschenkten Eierlikör und über die Gelegenheit zur Kundenbindung: Immerhin hatte sie ihren neuen Salon erst vor kurzem eröffnet und einige Mitarbeiterinnen eingestellt. Wie sich herausstellte, hatte keine der Damen etwas von einem bevorstehenden Flohmarktbesuch oder anderweitigen Ausflug Marlies´ mitbekommen. Es war für die begeisterten Teilnehmerinnen ein aufregendes Ereignis, hatten sie doch vorher keinerlei Kenntnis der wunderbaren, figurverschlankenden Wirkung dieser amerikanischen Spanx, einer neumodischen Shapewear, die ungleich bequemer als die altbekannten Mieder und Korsagen war. Das war kurz vor Weihnachten natürlich der Verkaufsschlager, konnte man sich doch mit diesem göttlichen Hilfsmittel auch nach mehreren Gänsebraten noch ins Lieblingskleid pressen. Anja und Eva mussten Schmunzeln beim Gedanken, wie sich die Landfrauen heimlich zuhause vorm Spiegel in den Presswurst-Überzug drückten. Gleichzeitig hatten sie Hochachtung vor diesem Manifest der Aufgeschlossenheit und Neugier.

„Danke, Anja, sehr aufschlussreich. Gut, dass ich dich als erstes angerufen habe, du hast wahrscheinlich den besten Überblick. Ich mach mir langsam Sorgen um Mutti, sie geht nicht ans Handy und mein Vater meldet sich auch nicht mehr. Eine letzte Frage hätte ich noch: Sind dir irgendwo im Haus Bilder aufgefallen? Angeblich wollte sie die verkaufen."

„Tja, lass mich nachdenken. Also im Wohnzimmer hängt doch eins, oder?" fragte Anja.

„Ach so, ja, das stimmt, das hat sie allerdings selber gemalt, als sie mal auf einer Kur einen Malkurs hatte. Das ist doch eher unverkäuflich, denke ich. Ich war ja selber gerade erst mehrere Tage im Haus und ich kann mich beim besten Willen an kein Gemälde erinnern. Und das komische ist, dass Tante Herta wohl auch ein Bild verkaufen wollte. Das ist ein sonderbarer Zufall, meinst du nicht?“

„Jetzt fällt es mir ein! Vielleicht ist es das, was du meinst.“ quietschte Anja plötzlich. Eva wurde heiß und kalt.

„Erzähl!“ forderte sie Anja auf.

„Also, wir haben ja alle die Spanx probiert. Das wollten wir natürlich nicht im Wohnzimmer machen, am Ende wäre noch dein Vater heimgekommen und hätte einen Herzinfarkt bekommen. Außerdem waren die Vorhänge zum Garten offen. Deshalb sind wir immer abwechselnd ins Schlafzimmer hochgegangen. Herta übrigens auch.“

„Tante Herta war auch dabei? Das hatte Frau Krämer gar nicht erwähnt.“

„Na ja, du hast ja vermutlich nach den Telefonnummern gefragt, um alle anzurufen, und Herta telefoniert ja nun nicht mehr…“

„Da ist was dran. Und was ist dann passiert?“

„Also passiert in dem Sinne ist ja nichts, außer dass wir alle viel Geld ausgegeben haben und die Spanx-Verkäuferin jetzt sicher Urlaub im Süden macht auf unsere Kosten. Aber ein Bild hab ich gesehen. Das stand am Boden an die Wand gelehnt neben dem Bett. Es ist mir aufgefallen, als ich meine Sachen aufs Bett gelegt hab. Ich dachte noch „Oh lala, ganz schön lasziv für die alte Dame“, ohne deiner Mutter zu nahe treten zu wollen. Es war eine halbnackte Frau in recht erotischer Pose darauf abgebildet. Aber schon künstlerisch wertvoll, nicht billig, wenn du verstehst.“

„Das ist ja dubios. Warum hat sie es bloß nicht aufgehängt?“

„Das kann ich mir schon vorstellen. Sie hatte es bestimmt allein gekauft und deinen Vater gebeten, es aufzuhängen, war ja kein Nagel in der Wand. Und dann wird es ihm wohl nicht gefallen haben. Kein Wunder, dass sie es dann zum Flohmarkt bringen will. Das ist mir selber schon so gegangen mit einer Lampe, dem Kuhfell, dem Kerzenständer. Die haben Uwe auch nicht gefallen und eh man sich streitet, kommt es weg."

„Ja, du hast wohl Recht. Vielleicht hat sie Herta gebeten, es zu verkaufen, weil ihre Freundin eine Galerie hat. Das macht Sinn."

Zufrieden verabschiedeten sie sich.

34.

„Sicher ist, dass nichts sicher ist. Selbst das nicht."

Joachim Ringelnatz

Wieder zurück und disziplinierter Weise noch immer fahrtauglich – er hatte sich trotz mehrfacher Zuproster nur zu zwei winzigen Gläsern Cider hinreißen lassen – packte Nick seine Wäsche in den Trockner. Eigentlich hasste er Geräte, die primär Platz verschwenden und nicht wirklich nötig sind. Jeder klapprige Wäscheständer erfüllte den gleichen Zweck mit weniger Fläche, Geldausgabe und Ressourcenverbrauch. Da er aber auch notorisch Mühe litt, seine Garderobe auszuweiten und eben am allerliebsten seine drei schwarzen italienischen Oberhemden trug, blieb ihm nichts übrig, als regelmäßige Akkordwäschen einzulegen. Qualität zahlt sich eben aus und gerät nie aus der Mode, da hielt er es ganz wie das Königshaus.

Er sorgte sich gerade um den Verbleib einer Socke, als es klingelte. Die leise Hoffnung, es könne Eva sein, die zurückgekehrt war, wurde jäh durch eine Männerstimme zunichte gemacht.

„Holger Wackemuth hier vom Soester Anzeiger. Hätten Sie einen Moment für mich?“

„Well, ja, eh, kommen Sie rein. Achtung mit dem Kopf.“ erwähnte Nick überflüssigerweise. Der Reporter war klein und dick und hätte höchstens Probleme mit der Türbreite des Fachwerkhauses. Sein blondes Haar stand ihm struppig vom Kopf. Er kam sofort zur Sache:

„Sie ermitteln im Todesfall von Herta Schneider, wurde mir zugetragen.“

„Well, jetzt nicht mehr, sie wurde beerdigt und es gibt keine tragfähigen Hinweise auf Fremdverschulden. Es war ein tragischer Unfall.“

„Mag sein. Ein Unfall, der durch umsichtiges Verhalten der entscheidenden Stellen hätte verhindert werden können. Sie haben vielleicht unseren gestrigen Artikel gelesen über die infamen Missstände, die dazu geführt haben: Keine klare Kompetenzverteilung bei der Sicherung und Instandhaltung öffentlich zugänglicher Gebäude. Der Denkmalschutz weicht regelmäßig dringend notwendige Modernisierungsmaßnahmen auf. Dem Bürgermeister wird es jetzt an den Kragen gehen. Sie haben vielleicht auch gehört, dass sich bereits eine Bürgerinitiative namens „Sicherheit für Soester Bürger" gebildet hat. Samstag gibt es eine Demo vor dem Rathaus. Es kann nicht sein, dass Veranstaltungen auf dermaßen unsicheren Objekten stattfinden, ohne ausreichende Ausleuchtung. Und dann kann jeder dort herumspazieren und den Sicherungsdraht entfernen, ohne dass es auffällt. So geht es nicht weiter. Als seriöse Zeitung ist es unser Auftrag, die Bürger aufzuklären."

„Und sicher hat der Vorfall Ihrer Auflage nicht geschadet?"

„Sie sagen es, wir haben Rekordumsätze, allein gestern kamen dreiundachtzig neue Abonnenten hinzu." erwiderte der Reporter zufrieden. „Ich finde es skandalös, dass hier nicht auf Mord ermittelt wird. Kommissar Schulte weilt sogar im Urlaub, wie ich gehört habe. Ich hoffe, Sie können mir Informationen zu möglichen Verdachtsmomenten geben. Wenn es sich hier um Mord handeln würde, wäre das natürlich noch weit dramatischer als ein Unfall."

„Sie meinen, das wäre eine noch bessere Story, korrekt?"

„Oh ja. Und es liegt natürlich im Interesse unserer Einwohner, die Wahrheit zu kennen. Sicherheit ist ein zunehmend medienrelevantes Thema."

Wie Nick das hasste. Sicher war es sein ureigenes Interesse, den bösen Buben das Handwerk zu legen. Nichts lag ihm ferner als Gewalt und Verbrechen zu tolerieren und selbstverständlich sollte man mögliche Gegenmaßnahmen ergreifen, um rechtschaffene Leute zu schützen. Aber ihm erschien zunehmend die Verhältnismäßigkeit gestört. Vor allem seit die syrischen Flüchtlinge hier waren und der IS seine Attentate verübte, schien der Durchschnittsbürger durchzudrehen. Nicht mal mehr zum Weihnachtsmarkt nach Dortmund hatten sich viele Soester dieses Jahr zu fahren getraut. In einer derartigen Großstadt würde doch sicher eine Bombe explodieren. Dabei war doch die

Wahrscheinlichkeit ungleich größer, im Urlaub Opfer einer herunterfallenden Kokosnuss zu werden, als durch einen Terroranschlag getötet zu werden. Und die Kriminalitätsrate war in Soest, der pittoresken Kleinstadt, minimal. Vor allem verglichen mit London. Aber wie oft hatte er schon Mütter davon sprechen hören, dass sie ihre Teenage-Kinder nach Einbruch der Dunkelheit nicht aus dem Haus ließen. Was im Winter quasi das Freizeitverhalten zum Erliegen bringen musste. Selbst erwachsene Frauen ließen sich abends von ihrem Männern abholen, statt heimzulaufen. Sicher, die dunklen mittelalterlichen Gassen erweckten jeden Schatten zum Leben. Es war ein Teufelskreis: Je weniger Menschen sich nachts raustrauen, desto weniger waren unterwegs, was wieder das Unsicherheitsgefühl verstärkte, wenn man mutterseelenallein durch die Gassen musste. Aber sollte man deshalb am Ende Überwachungskameras aufstellen wie in London, wo hunderttausende Kameras jede Person und jedes Auto-Nummernschild auf Video aufzeichneten? Und jetzt wollte sich dieser Typ profilieren, indem er ihn aushorchte, nur um die Panik noch mehr anzuheizen.

„Ich kann Ihnen da nicht weiterhelfen. Sie haben sicher Verständnis dafür, dass ich gegenüber meinen Auftraggebern zur Diskretion verpflichtet bin."

„Aber selbstverständlich, Herr Reeves. Andererseits sind Sie in Ihrem Gewerbe ebenso wie ich darauf angewiesen, gewisse Quellen zu haben, nicht wahr? Ich denke, da ähneln sich unsere Aufgaben sehr. Man hat zuverlässige Informanten, die man schützen muss, sonst kommt man unmöglich weiter."

„Sie sagen es," pflichtete Nick ihm bei, „deshalb muss ich Sie nun bitten zu gehen."

„Ich muss mich wohl deutlicher ausdrücken. Ich denke doch, dass wir gegenseitig voneinander profitieren können. Quid pro quo, wenn Sie verstehen."

„Sie meinen, sie können mir durch einen Bericht in Ihrer Zeitung neue Kunden verschaffen?"

„Das wäre natürlich auch möglich, aber ich denke eher an eine Berichterstattung unter Hinweis auf anonyme Quellen, wenn Ihnen an Diskretion gelegen ist. Eine

Anzeigenschaltung könnten wir aber gerne kostenfrei mit ins Paket nehmen."

„Nein danke, kein Interesse."

„Aber Herr Reeves, lassen Sie mich doch ausreden! Worauf ich hinaus will, ist folgendes: Ihre Informationen gegen meine Informationen. Ich recherchiere schon über zwanzig Jahre in Soest und habe meine Kontakte. Zufällig habe ich Kenntnis über eine dubiose Person mit krimineller Vergangenheit, die an Hertas Todestag auf dem Turm war. Wäre das eine Information, an der Sie interessiert sind?"

Nick war überrascht. Der Reporter wirkte eigentlich freundlich, gemütlich und unbedarft, hatte es aber offensichtlich faustdick hinter den Ohren.

„Und was möchten Sie dafür wissen?"

„Lediglich mögliche Motive und Verdachtsmomente. Keine Namen. Einverstanden?"

„Erzählen Sie!". Nick sah ihm streng in die Augen. Der Reporter konnte ein Grinsen gerade noch auf ein Zucken der Mundwinkel reduzieren.

„Sagt Ihnen der Name Christian Stussek etwas?"

„Machen Sie´s nicht so spannend!" herrschte Nick ihn an.

„Einer der Bläser beim Gloriasingen. Bevor er nach Soest zog, war er Hausbesetzer, Junkie und Kleinkrimineller in Dortmund. Ist seit einigen Jahren in Soest im Methadon-Programm."

„Ist er in den letzten Jahren nochmal auffällig geworden, oder woher wissen Sie das? Ihr Blatt berichtet doch eher lokal im engeren Sinne." fragte Nick ungeduldig.

„Nein, seit er hier wohnt, hat er keine Brüche mehr begangen. Ich kenne ihn aufgrund einer Recherche wegen des Methadonprogramms. Es gab einige Todesfälle in dem Zusammenhang. Die Substituierten neigen leider dazu, neben dem Methadon meistens noch Antidepressiva einzuwerfen. Oder weitere Drogen, wenn die Wirkung nachlässt. Daher muss regelmäßig der Krankenwagen zur Methadon-Ausgabestelle anrücken. Die Konsumenten nehmen das Zeug noch direkt vor Ort in Zuckerwasser gelöst ein. Und wenn sie vorher schon getankt haben, fallen sie einfach um."

„Okay, er ist also im Entzug und er hatte Zugang zum Turm. Aber nur aufgrund seiner Vergangenheit sollte man ihn nicht verurteilen. Er kann vielleicht von früheren Veranstaltungen Kenntnis vom Aufbewahrungsort des Schlüssels zum Turm gehabt haben und kommt insofern in Frage als jemand, der den Sicherungsdraht durchtrennt haben könnte. Aber was sollte sein Motiv sein? Er profitiert ja nicht vom Hertas Tod."

„Sie haben Recht, das Motiv liegt nicht unmittelbar auf der Hand. Aber ich habe ein Detail noch nicht erwähnt."

„Und das wäre?"

„Die Methadon-Ausgabestelle von Soest ist die Apotheke von Heinz Schneider. Hertas Bruder. Vielleicht profitiert er ja vom Tod seiner Schwester und hat ihn angestiftet?"

„Bei der Testaments-Eröffnung stellte sich heraus, dass Herta nichts zu vererben hat. Wenn Heinz Schneider profitiert, dann zumindest nicht finanziell."

„Dann vielleicht auf anderer Ebene? Geld regiert zwar die Welt, ist aber auch nicht alles, nicht wahr? Und derartige

Hintergründe zu klären wäre wohl Ihre Aufgabe, Herr Detektiv."

In dem Moment klingelte Nicks Telefon.

„Hello?"

„Nick, kannst Du mir bitte helfen? Meine Mutter ist verschwunden." flehte Eva.

35.

Antwerpen ist eine trendige Stadt, in der Sie an unterschiedlichen Aktivitäten teilnehmen können.

www.visitantwerpen.be

Marlies und Ralf lagen gefesselt und geknebelt mit dem Rücken an die Wand einer Autowaschanlage gelehnt. Die Kälte brannte förmlich in ihren Muskeln. Ralf war erleichtert zu sehen, dass Marlies noch immer ohnmächtig war. So spürte sie wenigstens noch keine Angst und keine Schmerzen. Sein Kopf dröhnte und er spürte schon jetzt, dass ihm eine riesige Beule wuchs. Er war nicht sicher, ob ihm nicht auch Blut übers Gesicht rann oder ob es der Schnee war, der ein feuchtes Rinnsal hinterlassen hatte. Seine Hände waren ganz taub von den Fesseln und seine Arme wurden wie sein Rücken und seine Beine zuweilen von Muskelkrämpfen heimgesucht. Viel Schlimmer war aber die Bodenkälte, die unaufhörlich in seinem Körper aufstieg. Ob dass das Ende war? Jämmerlich erfroren hinter einer belgischen Tankstelle?

Wie unerträglich naiv und blöd waren sie gewesen. Wie hatte das geschehen können? Sie waren doch grundsolide vernünftige Menschen, immer gewesen. Was hatte sie geritten? Er presste vor Wut die Zähne aufeinander und schlug mit dem Kopf gegen die Wand. Erneut packte ihn ein Schwindel und der Schmerz wogte wieder auf. Keine gute Idee.

Marlies war außer sich gewesen vor freudiger Erwartung. Ihre Augen hatten gestrahlt, ihre Haut geglüht, so hatte er sie noch nie gesehen. Euphorisch hatte sie ihm von dem großen Fund berichtet. Wie sich nun endlich, nach all den Jahren des stillen Erduldens ihrer Schicksale alles zum Guten wenden würde. Wie sie reich werden würden und unabhängig. Sich freimachen müssten von der Verantwortung für ihre Ehepartner und endlich ihr Glück genießen sollten, bevor das Leben vorbei war. Es hatte so einfach geklungen. Sie hatte in einem verborgenen Raum in ihrem Keller Antiquitäten des Schwiegervaters entdeckt, deren Wert ihrem Mann offensichtlich schleierhaft war. Wie satt sie ihn hatte, seit unzähligen Ehejahren. Wie widerlich ihr war, wenn sie sich ihm hingeben musste. Natürlich war sie finanziell abhängig gewesen. Zunächst auch moralisch, man verließ doch seinen Mann nicht, nur weil man ihn nicht liebte, so war sie erzogen worden. Später hatte sie gelernt, dass diese Zeiten vorbei waren. Und auch Ralf war müde, so unendlich müde von der Zeit mit seiner kranken Frau. Er empfand noch immer eine große Zärtlichkeit für sie. Aber auch er empfand wie Marlies eine unerhörte Sehnsucht nach einem glücklichen, freien Leben. Er wollte Silke nicht im Stich lassen. Aber so wie die verfluchte Krankheit sich entwickelt hatte, wäre sie da nicht inzwischen in einem Pflegeheim besser aufgehoben? Wenn er es bezahlen könnte, wären sie dann nicht alle Gewinner? Und Marlies Mann würde wohl nur am Ausbleiben der zubereiteten Mahlzeiten überhaupt ihre Abwesenheit feststellen.

Aber dann war alles schiefgegangen.

Anfangs wirkte es so leicht: Marlies hatte im Internet einen Eintrag eines Kunsthändlers gefunden, der von

Diskretion beim Ankauf sprach. Zu ihrer großen Erleichterung konnte er trotz belgischer Handynummer sogar leidlich deutsch sprechen. Sie beschrieb die Gegenstände und verabredete einen Treffpunkt zur gemeinsamen Begutachtung. Sie war froh, dass es kein deutscher Händler war. Immerhin hatte sie keinerlei Zertifikate und wollte Bargeld, mit dem sie sofort Soest verlassen konnte. Dabei nahm sie gerne eine weite Anreise in Kauf. Auch wenn der Kaufpreis dann vielleicht unter dem wahren Wert bleiben würde, wäre es ihr egal gewesen. Sie hatte eine fundamentale Entscheidung gefällt und wollte nicht aufgehalten werden von Details. In ihrer Vorstellung richtete sie bereits ein gemeinsames kleines Häuschen mit Ralf ein, irgendwo weit weg. Vielleicht an der Nordsee? Ein reetgedecktes Häuschen, ganz winzig, mit einem kleinen Vorgarten unweit des Deichs. So romantisch wie ihre Liebe. Dann würde sich zum ersten Mal im Leben alles richtig anfühlen. So hatte sie ihm vorgeschwärmt auf der Autofahrt. Ralf hatte seinen Bully leergeräumt und eine Sporttasche mit den wichtigsten Dokumenten und ein paar Klamotten gepackt. Nachdem er Silke noch ein belegtes Brot und einen Tee ans Bett gestellt hatte, war er zu Marlies gefahren und hatte die Bilder und weitere Gegenstände aus dem Keller ins Auto verladen. Schnell waren sie auf der A44 und später auf der A40 nach Westen gefahren. Bis nach Dortmund waren sie derart nervös, dass ihnen der Schweiß auf der Stirn stand. Es war ein vollständig irreales Gefühl gewesen, diese Flucht. Einfach alles hinter sich zu lassen. Im Lichtergewimmel der Großstadt beschlich sie die Angst, einfach von der Polizei angehalten zu werden, in einen Unfall zu geraten oder sonst wie durch einen fatalen Zufall aufgehalten zu werden. Erst als sie das Ruhrgebiet hinter sich gelassen hatten, die Landschaft ruhiger und die Straßenbeleuchtung holländisch orange geworden war, überkam sie ein Gefühl der Freiheit, der Energie. Abenteuer und Selbstbestimmung. Überwältigend! Fast die ganze Fahrt über hatten sie Händchen gehalten.

Da hatten sie noch keine Vorstellung davon, worauf sie sich eingelassen hatten. Zwei Stunden nach Einbruch der Dunkelheit verließen sie die Autobahn bei Antwerpen. Man hatte sie angewiesen, am zweiten Kreisverkehr auf das Gelände der Tankstelle zu fahren. Marlies hatte verstanden, dass man sie dort abholen würde, was sie sehr freundlich fand, denn weder Ralf noch sie waren jemals in Antwerpen gewesen und hätten sich nicht zu Recht gefunden. Sie fanden die Tankstelle sofort. Obwohl sie schon geschlossen hatte, war sie noch beleuchtet. Dort wurden sie bereits von zwei Männern mit weißem Lieferwagen empfangen. Kaum hatten Marlies und Ralf den Bully hinter der Tankstelle neben dem sie erwartenden Wagen geparkt, stiegen die beiden Männer freundlich lächelnd aus und machten Ihnen Zeichen, es ihnen nachzutun. Sie stellten sich auf Englisch als Rune Vertonghen und Wout De Wever vor und schüttelten ihnen kräftig die Hände. Soweit Marlies und Ralf verstanden, wollten sie einen ersten Blick auf die Waren werfen, bevor es weiterging. Ralf zog die Seitentür des Bullys auf. In dem Moment durchfuhr ihn ein Blitz. Rune hatte ihn mit einem Knüppel niedergeschlagen, während Wout Marlies von hinten umschlang, bis der Knüppel auch auf sie herabfuhr.

Marlies stöhnte und versuchte sich zu bewegen. Ralf versuchte sich so nah wie möglich an sie anzuschmiegen, damit sie merkte, dass sie nicht allein war. Er hoffte, dass ihre Körperwärme ausreichte, sie vor Erfrierungen zu schützen, bis Hilfe kam. Als Marlies die Augen öffnete und ihn panisch anstarrte, stiegen ihm die Tränen in die Augen. Er betete, dass der Tankstellenbesitzer nicht im Weihnachtsurlaub war.

36.

„I´m on the highway to hell“

AC/DC

Nick lief rastlos auf und ab. Nach Evas Anruf hatte er den Journalisten sofort verabschiedet und gehofft, dass er nicht allzu viel vom Inhalt des Telefonats mitbekommen hatte. Eva war sehr beunruhigt, dass ihre Mutter nun schon mehrere Stunden unauffindbar war und bat ihn, nach ihr zu suchen. Aber wo? Sie konnte überall sein. Zudem hatte er das dringende Gefühl, Eva nochmal auf ihren Vater ansprechen zu müssen. Was er keinesfalls im Beisein des Journalisten tun wollte. Am besten wäre es, ihrem Vater direkt einen Besuch abzustatten, um ihn mit dem Vorwurf der Anstiftung zum Mord zu konfrontieren. Vielleicht würde er bei der Gelegenheit auch etwas über den Verbleib von Marlies Schneider in Erfahrung bringen können. Dann würde er sofort Eva anrufen.

So stieg er also in seinen Wagen und fuhr zur Bauhaus-Villa. Die dunklen Straßen waren wie ausgestorben. Es lag kein Schnee, nur klirrende Kälte wurde vom Wind durch die alten Gemäuer gefegt. Die kahlen Äste der Bäume am Wall schwankten bedrohlich. Nick parkte fünfzehn Meter neben dem Haus. Er wollte sich erst einen Eindruck verschaffen und eine Taktik. Sollte er die Vorwürfe direkt zur Sprache bringen? Oder sich zunächst als besorgter Freund der Tochter vorstellen? Manchmal konnte man auf die Kumpel-Tour deutlich mehr erreichen. Er sah einen Lichtschein aus dem Wohnzimmer kommen und näherte sich vorsichtig, zunächst hinter einer Hecke verborgen. Plötzlich verlosch das Licht im Wohnzimmer, dann das im Flur und die Haustür öffnete sich. Heinz Schneider wollte das Haus verlassen!

Eilig bückte sich Nick, um ungesehen zu bleiben. Sobald sich Heinz Schneiders Wagen in Bewegung setzte, rannte er zum Auto und fuhr mit angemessenem Abstand hinterher. Vielleicht führte er ihn direkt zu seiner Frau?

Diese Hoffnung erstarb etwa zwei Stunden später als sie Braunschweig passierten und Nick immer mehr

Gewissheit darüber fühlte, dass sie Richtung Berlin fuhren. Was hatte Heinz Schneider vor? Er wollte offensichtlich zu Eva. Aber warum? Um in Zeiten der Sorge um Marlies die Nähe seiner Tochter zu suchen? Sich gegenseitig zu stützen? Er kannte Heinz Schneider nicht wirklich, aber was er aus Evas Erzählungen herausgehört hatte, stimmte so gar nicht mit diesem Bild der liebevollen Vater-Tochter-Beziehung überein. Auch bei der Beerdigung hatte er aus der Ferne die Familie beobachtet und wenig Anzeichen für ein funktionierendes Miteinander entdecken können. Aber er hat nie direkt mit ihm gesprochen. Das war ein Fehler gewesen, das ließ ihn jetzt ein nagendes Gefühl in der Bauchhöhle spüren.

Wann hatte er eigentlich das letzte Mal gegessen? Er wühlte in der Mittelkonsole – es fanden sich glücklicherweise noch drei Digestive Biscuits in der angerissenen Packung. Es würde eine längere Fahrt werden. Die Benzinstands-Anzeige wies leider einen starken Ausschlag nach links auf. Er müsste bald tanken – damn it.

Vielleicht hatte er Glück und Heinz Schneider müsste auch tanken. Dennoch plante Nick im Geist schon die Strecke: Wenn er in einem Abschnitt tankte, an dem es keinen Abzweig zu einer alternativen Route geben würde, könnte er Heinz Schneider bestimmt schnell wieder einholen. So entschied er sich für die nächste Tankgelegenheit. Normalerweise hätte er beim Bezahlen auch einen Tee gekauft, aber ungewöhnliche Situationen erfordern ungewöhnliche Maßnahmen. So fuhr er direkt ohne zu Zahlen mit Vollgas von der Tankstelle los und hinterließ mehrere hupende Autos und einen aufgebracht hinauslaufenden Tankwart. Kurze Zeit später überholte ihn eine Gruppe Biker in einem abenteuerlichen Manöver. Zuerst befürchtete Nick, es wären Polizeimotorräder, erkannte dann aber das dunkle Blubbern der Harley Davidson Motoren und sah die bärtigen Gesellen, die ihm per Handzeichen ihre Anerkennung zu verstehen gaben. Offensichtlich hatten sie auf der Tankstelle hinter im gestanden.

Nick musste schmunzeln, gleichzeitig fühlte er eine nervöse Anspannung, die erst nachließ, als er das Auto von Heinz Schneider auf der rechten Spur entdeckte. Er bremste ab und reihte sich mit zwei Autos Abstand hinter ihm ein.

Sie passierten Magdeburg. Neunzig Minuten später war der Lichtschein Berlins sichtbar. Sie fuhren auf die Avus. Der beleuchtete Berliner Fernsehturm hieß sie willkommen. Am Kurfürstendamm verließ Heinz die Autobahn und fuhr den immer noch weihnachtlich dekorierten Boulevard entlang. Nick war ihm dicht auf den Fersen. Er durfte ihn nicht verlieren, er kannte nicht mal Evas Adresse. Sie jetzt anzurufen erschien ihm merkwürdig unpassend, nicht nur weil er ihren Vater verfolgte, statt ihre Mutter zu suchen, sondern auch, weil er das Gefühl hatte, es sei besser so. Er war im Jagdmodus, wollte sich im Hintergrund halten und Spuren lesen. Hoffentlich trog ihn sein Instinkt nicht. Was wenn Heinz Evas Mutter etwas angetan hatte? Hätte er besser doch das Haus durchsuchen sollen? Adrenalin durchflutete ihn. Verdammt, verdammt, verdammt. Nun, er konnte sich nicht zweiteilen. Er war schon unzählige Male in derlei Situationen gewesen. Als Soldat hatte er gelernt, dass Zögern keinen Sinn machte. Wenn es ernst wurde, konnten nur schnelle Entscheidungen Leben retten. Man musste auf Erfahrung und Intuition vertrauen. Danach half nur noch beten. Es sei denn, man konnte ein anderes Team auf die zweite Spur ansetzen. Aber er hatte schon lange kein Team mehr. Zumindest kein offizielles. Das bedeutete aber nicht, dass er nicht genügend hilfreiche Kontakte hatte.

Er zerrte sein Handy aus der Hosentasche und wählte die Nummer der Soester Polizei.

„Ich möchte eine Vermisstenmeldung aufgeben."

37.

„...Appelsinen, Feinjemüse,

Nüsse, Feijen alle diese

Dinge sagen so die Leute,

braucht zum Weihnachtsfest man heute...“

Auszug eines Berliner Weihnachtsgedichtes, Verfasser unbekannt

„Schön, dass du gekommen bist, Papa!“ begrüßte Eva ihren Vater und öffnete die Tür zu ihrer Wohnung.

„Ja, ich denke, wir haben einiges zu besprechen, nachdem was du am Telefon sagtest.“

„Das ist alles so verwirrend, und jetzt Mamas Verschwinden. Da ist es bestimmt gut, dass wir uns beistehen. Obwohl ich schon Sorge habe, dass jetzt keiner zuhause ist. Was, wenn Mama zurück kommt und du bist nicht da?“

„Mach dir keine Gedanken, ich habe einen Zettel auf den Küchentisch gelegt. Sie wird sicher sofort anrufen, wenn sie kommt."

„Sicher, du hast Recht. Dann komm erstmal rein. Ich richte dir nachher das Schlafsofa her, das wollte ich noch nicht machen, ist sonst zu eng hier." Ihr Vater hatte noch nie bei ihr übernachtet und Eva spürte eine kindliche Freude in sich aufsteigen. Tochter bleibt eben immer Tochter, dachte sie. Obwohl Eva in ihrer vierzig Quadratmeter Ein-Zimmer-Wohnung platzmäßig sehr eingeschränkt war, hatte sie sie doch liebevoll eingerichtet mit einer Mischung aus antiken Weichholzmöbeln, IKEA und exotischen Überwürfen. Viele Teelichter und eine Lichterkette gaben ihrem kleinen Reich einen weihnachtlichen Glanz.

„Möchtest du etwas trinken? Einen Tee?"

„Besser wäre ein Bier. Aber nach der langen Fahrt habe ich einen Kohldampf, hast du was gekocht?"

„Oh, da muss ich dich enttäuschen. Ich esse abends meistens auswärts und habe nur Milch, Kaffee, Müsli und

Obst fürs Frühstück eingekauft. Ich könnte Pasta aglio olio machen mit Rucola-Salat." Mit Mamas Service-Level kann ich nicht mithalten, dachte Eva und sah deutlich die Enttäuschung in Papas Augen.

„Nein, warte, viel besser: Wir gehen auf den Weihnachtsmarkt. Da gibt es Spießbratenbrötchen, dass magst du doch."

„Weihnachten ist doch schon vorbei, da hat der Weihnachtsmarkt doch zu." schlaumeierte Heinz Schneider.

„Tja, nicht in Berlin. Hier sieht man das nicht so eng." Eva erinnerte sich an das ungläubige Staunen ihrer Eltern, als sie beim letzten Besuch feststellen mussten, dass in Berlin sogar die Malls am Sonntag geöffnet sind. Ihr Vater war lernfähig und stellte keine weiteren Fragen, sondern wandte sich direkt der Tür zu.

„Wunderbar, dann lass uns gehen." Er kramte noch kurz in seiner Tasche, während Eva ihre Stiefel anzog und los gingen sie. Als die schwere Tür des Mietshauses hinter ihr ins Schloss fiel, löste sich ein Schatten hinter einem der

Bäume hervor. Sie bemerkten nicht, dass Nick ihnen folgte.

Zwei U-Bahn-Stationen später waren sie am Schloss Charlottenburg. Eva liebte den Schlosspark. Oft ging sie hier joggen, im Sommer lag sie manchmal einfach auf der Wiese. Aber am meisten freute sie sich auf den romantischen Weihnachtsmarkt. Er war natürlich nicht ganz so idyllisch wie der Soester Weihnachtsmarkt. Außerdem von Touristen überlaufen, wie alles hier. Aber dennoch sehr viel pittoresker als die anderen in Berlin. Vielleicht einmal abgesehen vom Spandauer Weihnachtsmarkt. Aber sie hatte gelernt, dass die Ur-Berliner Spandau traditionsbedingt als nicht zu Berlin gehörig empfanden.

Sie betraten die Schlossanlage durch das Portal. Links und rechts davon erhoben sich zwei Säulen mit Kriegern, die sich ihnen - bedrohlich mit Schild und Schwert bewehrt – entgegen neigten. Pompös und leicht überdimensioniert erhob sich die angestrahlte goldene Kuppel. Tatsächlich konnte man erahnen, dass der Erbauer im Jahre 1701 eine Kopie von Versailles im Sinn hatte, als er den Auftrag bekam, für den zum ersten König von Preußen gekrönten Kurfürsten einen repräsentativen Sitz zu errichten. Das Schloss verströmte ein prächtiges, gold-gelbes Leuchten aus den elf Fensterachsen und beschien damit den Markt, der mit harmonisch einheitlichen Holzständen auf dem Ehrenhof platziert war. Eine Vielzahl von interessanten Kunsthandwerksgegenständen wurde feilgeboten. Heinz hielt Ausschau nach dem Spießbratenstand und war komplett verwirrt ob der Vielfalt an Speisen: Indische Pakoras, Pulled Pork, koreanisches Kimchi, Veggie Burger und alles was die Berliner Street Food Szene herzugeben vermochte. Dergleichen war in Soest, wo man wie vor hundert Jahren auf Schweinefleisch und Kartoffeln schwor, undenkbar.

Nachdem er endlich sein Spießbratenbrötchen und Eva ein Thai-Curry in der essbaren Schale mit kompostierbarem Besteck aus Polymilchsäure ergattert hatten, suchten sie sich eine ruhige Ecke mit Tisch. Gefräßige Stille breitete sich aus, während sie aßen. Erst als sie beim Glühwein angelangt waren, konnte Eva sich nicht mehr zurückhalten. Sie hatte einige drängende Fragen und war sicher, dass ihr Vater die Antworten kannte.

„Also Papa, ich bin sicher, das Mamas Verschwinden mit Hertas Tod in Zusammenhang steht. Sie ist doch noch nie über Nacht weggeblieben, ohne Bescheid zu sagen. Und so spontan. Wenn sie mit den Landfrauen weg war, war das doch immer von langer Hand geplant."

Heinz atmete tief ein und aus. Seine Schultern hoben sich an, was seinem kurzen Hals ein noch gedrungeneres Erscheinungsbild verlieh. Eva war froh, die Statur nicht von ihm geerbt zu haben. „Und wie soll dieser Zusammenhang deiner Meinung nach aussehen? Hast du irgendwelche konkreten Anhaltspunkte?" Er sah ihr tief in die Augen. Trotz der Kälte war sein Gesicht gerötet. Eva schob es auf den Glühwein.

„Ich weiß auch nicht so recht, aber es muss mit irgendwelchen Kunstgegenständen zusammenhängen. Tante Herta wollte wohl ein altes Bild schätzen lassen. Vielleicht sogar eines, das bei euch im Schlafzimmer stand."

„Wer hat das behauptet?“ fragte Heinz schärfer als beabsichtigt.

Eva war unangenehm berührt. Sie wollte auf keinen Fall zugeben, dass sie einen Detektiv auf den Fall angesetzt hatte. Das hätte ihr Vater niemals gutgeheißen. Die ganze Zeit über wollte er ja nichts von einem möglichen Mord wissen. Und dann noch fremde Leute in Familienangelegenheiten einbeziehen. Das ging gar nicht.

„Ich war bei Tante Hertas Freundin in der Galerie.“ gestand sie.

„Ach, was weiß die schon. Und was hat das mit Marlies zu tun?“

„Was war das denn für ein Bild? Wenn es bei euch im Schlafzimmer stand, müsstest du es doch kennen?“

„Bei uns hängt kein Bild im Schlafzimmer. So ein Unsinn. Worauf willst du eigentlich hinaus?“ fragte er und kam ihr immer näher.

„Ich frage mich, woher Mama plötzlich diese Antiquitäten hatte. Da war zum Beispiel noch diese schöne grüne Kette, die sie an der Beerdigung trug.“

„Was ist daran ungewöhnlich? Die hatte ich ihr zum Hochzeitstag geschenkt.“

„Ach so? Hattest du sie denn von Urgroßtante Lissy geerbt? Ich hatte zufällig in Hertas Wohnung ein Buch über berühmte Frauen der Zwanziger gefunden. Dort waren Fotos von Tante Lissy. Auf einem trug sie dieselbe Kette.“

„Du warst in Hertas Wohnung? Nachdem sie tot war? Bist du verrückt? Das ist ja Hausfriedensbruch!“ fuhr Heinz sie erregt an.

„Das spielt doch keine Rolle. Erklär mir doch, woher auf einmal diese Wertgegenstände kommen?“

„Ach, Kind, du hast ja Recht. Ich will Dir alles erklären. Aber vorher sollten wir uns noch einen Glühwein holen!“

„Gute Idee, bleib hier, ich hol welchen!“ sagte Eva, erleichtert darüber, dass er nun einlenkte. Manchmal konnte ihr Vater ein solcher Sturkopf sein.

„Nein, lass nur, ich gehe. Möchtest Du einen mit Schuss?“

„Nein danke, ganz normal. Bis gleich.“ Eva war gespannt, was sie nun erwartete. Ihr Vater hatte also Geheimnisse vor ihr gehabt. Vielleicht hatten sie im Lotto gewonnen und Marlies war jetzt heimlich zum Lifting gefahren? Sie schüttelte den Kopf über diese absurde Vorstellung. Manchmal trieb ihre Fantasie absonderliche Blüten.

Heinz reichte ihr den heißen Becher. „Schön pusten, bevor du trinkst.“ sagte er fürsorglich. „Du hast also über Großtante Lissy recherchiert.“

„Ja, und ehrlich gesagt habe ich nie verstanden, warum Opa und du nie von ihr erzählt habt. Sie war doch eine absolut faszinierende Persönlichkeit. Wer hat schon eine berühmte Künstlerin in der Familie? Da kann man doch stolz sein.“

„Ach was, stolz. Sie war ein unerhörtes Luder. Kannte überhaupt keinen Anstand und stieg mit jedem Kerl ins Bett. So ist sie berühmt geworden, durch ihre halbnackten Auftritte und ihr schamloses Verhalten. Sogar Drogen hat sie genommen. Eine einzige Schande für die Familie war sie, deshalb ist Opa auch aus Berlin weggezogen. Weil er die Schmach nicht verwinden konnte und nicht mehr mit ihr in Verbindung gebracht werden wollte.“

„Aber sie war doch schon tot, als Opa nach Soest zog."

„Trotzdem hat er es nicht mehr ausgehalten. Seine Mutter starb ja ebenfalls kurz nach Lissys Tod an gebrochenem Herzen in völlig verarmten Verhältnissen. Auch das konnte er seiner Schwester nie verzeihen, dass sie von all ihrem Geld nichts für ihre arme Mutter übrig hatte. Man muss sich doch um seine Eltern kümmern, Herrgott nochmal."

Sofort hatte Eva ein schlechtes Gewissen. Sie nahm einen großen Schluck vom Glühwein. Irgendwie schmeckte er komisch.

„Wie ist Großtante Lissy denn eigentlich gestorben?"

„Kannst du dir das nicht denken bei dem verdorbenen Lebenswandel? An einer Überdosis Kokain."

„Das hatte ich auch so gelesen. Schlimm. Aber weißt Du denn etwas mehr über die Umstände? War sie denn alleine oder hatte sie einen Partner?"

„Sie starb mutterseelenalleine. Sie hatte ja nur Bumsbekanntschaften und keinen Ehemann."

„Papa, du bist so altmodisch. Ich glaube, Tante Lissy war moderner als du."

„Das ist es also, was du denkst. Ich bin enttäuscht von dir. Nun denn. Wolltest du noch was wissen?" fragte er seufzend. Irgendwie hatte er etwas Melancholisches im Blick, was Eva davon abhielt, seine unangebrachte Äußerung zu kommentieren. Sie hatte Mühe sich zu konzentrieren und fühlte eine leichte Übelkeit in sich aufsteigen. Dieser verdammte Glühwein.

„Das Bild, die Kette. Waren das Erbstücke?" brachte Eva mit belegter Stimme hervor.

„Gewissermaßen, Opa hat sich genommen, was ihm zustand."

„Zustand? Von der Erbschaft? Aber wieso habe ich diese Sachen nie gesehen? Opa ist doch schon so lange tot?" Eva musste sich festhalten und blinzelte mehrmals. War sie schon so betrunken, dass sie schwankte?

„Opa hatte die Sachen aus gutem Grund im Keller versteckt. Ich habe sie nur zufällig gefunden. Und Marlies hätte sie gar nicht finden dürfen." Er räusperte sich. Nun sah er Eva an wie ein Insekt unterm Mikroskop. „Siehst du schon doppelt? Gleich müssten deine Lippen und Finger taub werden. Aber mach dir keine Sorgen, es wird nicht sehr schmerzhaft. Ich kenne mich schließlich aus mit Giften und Drogen."

Eva hatte Mühe zu sprechen. „Was hast Du..., warum...?" Dann brach Eva zusammen.

In dem Moment sprang Nick auf die beiden zu. Er hatte alles verborgen in der Menschenmenge beobachtet.

„Eva, was ist mit dir?" brüllte er und versuchte sie zu stützen. „Was haben Sie ihr in den Glühwein getan?"

Heinz gab ihm einen Stoß und rannte davon.

„Rufen Sie einen Notarzt! Sie wurde vergiftet!" schrie Nick den verwirrten Marktbesuchern zu. Eine Gruppe amerikanischer Touristen schüttelte entsetzt die Köpfe.

Wie ein Zielfernrohr suchten Nicks Augen systematisch die Menschenmenge ab. Wohin war Heinz verschwunden? Da erkannte er etwa zehn Meter entfernt die auseinanderweichenden Bewegungen, die wie Wellen den gleichmäßigen Strom der Masse durchbrachen. Er sprintete hinterher, notgedrungen den ein oder anderen Seitenhieb austeilend, um sich Platz zu schaffen. An den Marktständen war es zwar hell genug, um Gesichter und Kleidung zu erkennen, aber zu voll um den Überblick zu halten. Alle paar Sekunden befürchtete Nick, der falschen Person zu folgen, zu ähnlich waren sich die Rücken in den immer gleichen schwarzen Winterjacken. Heinz hatte eine durchschnittliche Kurzhaarfrisur im ebenso durchschnittlichen straßenköterblond und einen runden Schädel. So wie etwa zehn Prozent aller Besucher. Da war er wieder! Er war nun drauf und dran, das Marktgelände zu verlassen. Offensichtlich wollte er zum Seitenflügel laufen, um in der Dunkelheit des Schlossparks Deckung zu suchen. Da es dort sehr leer war, gelang es Nick, den Abstand zwischen ihnen zu verkürzen. An der Ostseite umrundeten sie das Schloss, als Heinz auf das turmförmige Teehaus zulief. Schnell war er hinter dem Teehaus verschwunden. Nick war kaum noch in der Lage, etwas zu sehen, so düster war es schon. Büsche und steinerne Skulpturen erschwerten zusätzlich die Verfolgungsjagd. Er lief einmal ums Teehaus herum, rüttelte an der Tür, aber sie war verschlossen. Wo hatte er sich versteckt? Da Nick ihn nicht sehen konnte, versuchte er seine anderen Sinne zu nutzen und spitzte die Ohren. Der Wind heulte durch die schwankenden Bäume. Der alte Mann konnte doch unmöglich so fit sein, warum konnte er nicht seinen sicher schon pfeifenden Atem hören? Stand er nur wenige Meter neben ihm auf der anderen Seite des Turms? Da hörte er das Knirschen seiner Schuhe auf einem Kiesweg und gab Fersengeld. Heinz lief in Richtung Westen. Wo wollte er hin? Beiden war das Gelände nicht vertraut, so dass ein unbeteiligter Beobachter den Eindruck einer chaotischen Hasenjagd hätte haben müssen, so viele Haken schlugen sie zwischen abgedeckten Beeten, Wegen und Wiesen in der Parkanlage. Da stürzte Heinz beinahe in eines der Wasserbecken, konnte sich aber gerade noch rechtzeitig abfangen und rannte in ein dunkles Waldstück. Nick hatte den Vorsprung abermals verkleinern können durch den Beinahe-Sturz. Heinz konnte seinen Atem schon fast im Nacken spüren. Da schlug Heinz einen Haken nach rechts und rannte hinein in einen im Wald verborgenen steinernen Tempel. Was um alles in der Welt war das, fragte sich Nick, als er die ausgetretenen Stufen zu den vier dorischen Säulen emporlief, die die Giebelfront stützten. Erst als er den Sarkophag mit dem marmornen Grabrelief der Königin Luise vor sich aufragen sah, realisierte er, dass es sich um ein Mausoleum handelte: Die Gruft des preußischen Königshauses. Er sah sich um und erkannte weitere Säulengänge und Sarkophage. Heinz musste sich hinter einem der Sarkophage verborgen haben. Die Säulen waren zu schmal, um ihn vollständig verbergen zu können. Andererseits erhellte nur der Mondschein das Mausoleum, so dass er seinen Augen kaum trauen konnte. Wieder schärfte er sein Gehör, als er es wahrnahm: Ein Keuchen und ein Schweißgeruch näherte sich ihm von hinten. Nick wirbelte, beide Hände zusammengeballt, herum und ließ sie wie ein Amboss auf Heinz Kopf niedergehen. Der brach stöhnend zusammen. Er warf sich auf ihn, wälzte ihn auf den Bauch und stemmte ihm sein Knie in den Rücken, während er Heinz Jacke die Arme hinunter riss, um ihn damit zu fesseln und kampfunfähig zu machen.

„Was hast Du ihr in den Drink gemischt?“ schrie er, während er Heinz schüttelte. „Sag schon, los!“ Heinz stöhnte nur auf und biss sich auf die Lippen.

„Verdammt, sag es, sonst erwürge ich dich jetzt und hier! Wenn ich dich hinter dem Sarg verstecke, dauert es Wochen, bis sie deine Leiche finden! Das meine ich ernst!“ drohte Nick und legte die Hände um seinen Hals.

„Strychnin!“ würgte Heinz hervor, als Nick ihn am Kragen packte, seinen Kopf hochzerrte und seine Stirn auf den Boden schleuderte. Es knirschte gefährlich. Vermutlich war die Nase dazwischen gekommen. Nick nahm erfreut zur Kenntnis, dass Heinz ohnmächtig geworden war. Er musste unbedingt nach Eva sehen! Daher beschloss er, Heinz die Schnürsenkel zusammen zu knoten. Falls er wach würde, hätte er damit seine Flucht zumindest verzögert. Er kontrollierte nochmal, ob die Ärmel fest genug verknotet waren. Dann verließ er zufrieden das Mausoleum und eilte zu den Glühweinständen, bei denen er Eva zurückgelassen hatte.

Eva wand sich in Krämpfen. Ihr Gesicht war blau angelaufen, sichtbar von Atemnot geplagt. Ein Sanitäter war über sie gebeugt und wies den anderen an, ihr Diazepam in die Mundhöhle zu spritzen.

„Lasst mich durch!“ schrie Nick und platzte aus der Menschenmenge heraus auf sie zu.

„Es war Strychnin! Es war Strychnin! Geben Sie ihr ein Gegengift!“ rief er den erstaunten Sanitätern zu.

„Wir brauchen Physostigmin!“ brüllte dieser in sein Funkgerät. Dann verfrachteten sie Eva auf die Trage.

„Wohin fahren sie?“ fragte Nick.

„In die Giftnotzentrale der Charité.“

„Ich komme nach!“ sagte Nick und lief auf den sich nähernden Polizeibeamten zu, um ihn zum Mausoleum zu führen.

38.

„Das Zeitgefühl ist eindeutig davon abhängig, auf welcher Seite der Toilettentür man sich befindet."

Unbekannt

Kommissar Schulte hatte schon fünf Pfund zugenommen, wie ihm die Waage in der Saunalandschaft glaubhaft darstellte. Trotzdem fühlte er sich pudelwohl. Das Essen im Sauerlandstern war aber auch sowas von lecker! Gut, dass sie Vollpension gebucht hatten. Der ganze Urlaub war perfekt: Die Kinder hatten einen Riesenspaß beim Skifahren und Ute und er waren wie frisch verliebt. Er freute sich schon wie Bolle auf die Silvesterparty. Ute würde vom Sekt beschwipst mit ihm Schieber tanzen und Disco-Fox. Bestimmt würden sie die besten Hits von Helene Fischer und Andrea Berg spielen. Besser ging es gar nicht!

Da klingelte sein Telefon. Die Dienstnummer holte ihn wieder ins Hier und Jetzt. Plötzlich musste er ganz nötig. Leider war der Empfang hier unten im Saunabereich so schlecht, dass er lieber schnell nach oben lief, statt die Toilettentür zu öffnen. Da er einen Bademantel trug, traute er sich nicht ins Foyer, sondern blieb im Treppenhaus am Fenster stehen.

„Hallo? Ja, Schulte hier, was gibt es? Vermisstensache Marlies Schneider liegt bei mir, ja. Ich hatte eine Streife zu ihrem Haus vorbeigeschickt, aber wir konnten nichts Verdächtiges entdecken."

Schulte verwendete gerne das unverfängliche „wir", ohne dabei gewesen zu sein, wenn die Handlung in seinem Auftrag stattfand. Das gab ihm das wohlige Gefühl, sich gewissermaßen klonen zu können oder seine Arbeitskraft ohne lästige Erschöpfung zu multiplizieren.

„In Belgien aufgetaucht? Na sowas. Lassen Sie sie sofort nach Soest bringen. In Antwerpen im Krankenhaus? Von mir aus. Wat muss, dat muss. Danke für Ihren Anruf dann und einen schönen Feierabend. Wie bitte? Heinz und Eva Schneider in Berlin? Vergiftet? Meine Güte. Das sind ja

Neuigkeiten. Äh, entschuldigen Sie, aber ich bin unterwegs, können Sie mir die Telefonnummer der Berliner Kollegen aufs Handy simsen? Danke, besten Dank! Ihnen auch!"

Zufrieden über den rasanten Fortschritt der Ermittlungen und die exzellente internationale Zusammenarbeit der Behörden stürzte er die Treppe hinunter zur Toilette.

39.

Erwachen

Eva war irgendwie schwer und unbequem zumute. Sie hatte die Augen noch geschlossen und erwachte langsam aus ihrem tiefen Schlaf. Ein hohes, rhythmisches Piepsen drang unangenehm in ihr Ohr. Es roch nach Desinfektionsmitteln. Sie spürten einen leichten Druck in der rechten Hand und eine schmerzhafte Schwellung auf ihrem Handrücken. Mühsam versuchte sie, die Augen zu öffnen. Sie musste blinzeln, bis sie erkannte, dass Sie im Krankenhaus war. Das Piepsen kam vom Herz-Monitoring, der Schmerz in ihrer Hand entstammte einer Kanüle, und der Druck… Ihr war als ob ihr Herz einen Moment aussetzte: Der Druck in ihrer Hand kam von der Umklammerung durch Nicks Hand, der – noch viel unbequemer als sie – auf dem Stuhl neben ihrem Bett eingeschlafen war. Müde und doch liebevoll lächelnd sah sie ihn an. Sein Kinn war voller dunkler Bartstoppeln. Er hatte Knitterfältchen um die Augen und den Mund herum. Sein Pullover war ganz schief verrutscht und es sah aus, als würde er bald vom Stuhl fallen. Unwiderstehlich. Hatte er die ganze Nacht hier gesessen? Warum war sie im Krankenhaus? Und wie kam Nick nach Berlin? Langsam setzte die Erinnerung an den gestrigen Abend wieder ein. Beim Gedanken an ihre Übelkeit, die Atemnot, den Sturz und die dann folgende offensichtliche Ohnmacht musste sie laut aufstöhnen, so dass Nick erwachte.

„Eva, wie geht es dir?“ fragte er, gleichzeitig komplett verschlafen und doch wieder hellwach.

„G…gut.“ hüstelte sie. “Was ist passiert? Wieso bist Du hier?“ Nick reichte ihr ein Glas Wasser. Dann berichtete er vom gestrigen Abend.

„Willst Du sagen, dass mein Vater mich vergiften wollte? Das ist doch absurd!“ Dann erinnerte sie sich an das sonderbare Gefühl, dass sie beschlichen hatte. Es war ein kaltes, dunkles, unangenehmes Gefühl gewesen. Worüber hatten sie noch gleich gesprochen? Da fiel es Eva wieder ein: Es war Misstrauen. Misstrauen und Angst, was sie gefühlt hatte, in dem Moment, als etwas ihr die Kehle zuschnürte und ihr Vater sie ansah, als wäre er ein anderer Mensch. Der wahre Mensch, so wie er war. Eine Gänsehaut kroch an ihr hoch und die Tränen stiegen in ihre geweiteten Augen. Nick kam ganz nah, umarmte sie und strich ihr zärtlich übers Haar.

„Du… Du hast mir das Leben gerettet!“ brachte sie keuchend hervor. Nur langsam sickerten die vielen Erkenntnisse in ihr Gehirn und ihr Herz.

„Schreibe ich alles auf die Rechnung, Babe.“ scherzte Nick und grinste schief. Evas Mund verzog sich zu einem Lächeln, während die Tränen aus ihren Augen strömten.

40.

„Die Polizaiaiaiaiaiaiai“

Extrabreit

Kommissar Schulte war bereits am frühen Morgen nach Berlin aufgebrochen. Jetzt, wo der Fall eine ungeahnte Dynamik entwickelte und ihm noch dazu der Täter auf dem Silbertablett serviert wurde, hielt er es doch für sinnvoll, ja unbedingt notwendig, seinen Urlaub abzubrechen und die Befragung selbständig durchzuführen. Er hatte es im Gefühl. Er war sowas von kurz davor, die Lorbeeren einzuheimsen. Zumindest für einen Mordversuch, vielleicht sogar für eine Entführung, sobald er die Ehefrau befragen konnte und wenn es richtig gut lief, sogar für Mord an dieser Herta. Wahnsinn! Dann war ihm eine Beförderung so gut wie sicher. Dann würde er in den nächsten Ferien nicht nach Winterberg, sondern in die Karibik fahren, dachte er grinsend. Vor Freude wippte er auf und ab auf dem

Fahrersitz. Jetzt musste er sich konzentrieren, denn er verließ die Autobahn hinter dem Fernsehturm und machte sich auf die Suche nach dem Charlottenburger Polizeirevier, in dem Heinz in Untersuchungshaft saß. Als nächstes würde er diesen Engländer befragen, der ihn geschnappt hat und dann zu Eva Schneider ins Krankenhaus fahren, sofern sie vernehmungsfähig wäre. Nach wenigen Minuten erreichte er den mehrspurigen Kaiserdamm und, kurz nachdem er den Lietzenseepark passierte, das Polizeirevier. Mürrisch begrüßten ihn die Berliner Kollegen:

„Morgen. Sie sind also der Kollege aus..." Der Beamte kramte in seinen Unterlagen. „Söst?"

„Soest, das ist ein Dehnungs-e, deshalb spricht man es nicht Söst, sondern Soost." erklärte Schulte.

„Na, denn immer rin in die jute Stube. Da hinten is die Kaffemaschine, bedienen Se sich eenfach, wa?"

Schulte bemühte sich, im Küchenschrank eine Tasse ohne Sprung zu finden. Dann erkundigte er sich nach Herrn Schneider und dem Verhörraum.

„Der sitzt schon drin, könn´n Se direkt anfang´n. Mussten wa Handschellen anlejen, der hat janz schön randaliert."

Als Kommissar Schulte den Verhörraum betrat, hatte er Mühe, Heinz Schneider wieder zu erkennen. Er saß zusammengesunken auf dem Stuhl am Tisch. Der Geruch von Männerschweiß erfüllt den Raum. Schulte setzte sich ihm gegenüber. Und schaltete das Diktiergerät ein.

„So schnell sieht man sich wieder, Herr Schneider. Möchten Sie mir erklären, was passiert ist?"

Langsam hob Heinz Schneider den Kopf. Seine Augen waren blutunterlaufen, an der Stirn prangte eine grünblau verfärbte Beule und man konnte deutlich sehen, dass er nicht geschlafen hatte. „Ich wurde überfallen. Sie sehen ja, wie der Typ mich zugerichtet hat."

„Herr Schneider, das hat doch keinen Sinn. Sie haben ihre Tochter mit Strychnin zu vergiften versucht. Sie liegt im Krankenhaus. Mit solchen blödsinnigen Ablenkungsmanövern brauchen Sie mir gar nicht kommen."

Schulte ließ nun bewusst eine Pause entstehen. Manche wurden dann nervös, konnten die Stille nicht ertragen und begannen zu erzählen. Nicht so Heinz Schneider. Er hatte offenbar noch mehr Durchhaltevermögen als Schulte.

„Nun kommen Sie, erleichtern Sie Ihr Gewissen. Was haben die Frauen Ihnen angetan? Erst Herta, dann Eva? Hatten Sie was mit Herta und Eva hat es rausgekriegt? Sollte sie deshalb sterben?“

Heinz Schneider gab ein verächtliches Lachen von sich. „Sie haben ja nicht den blassesten Schimmer. Ihnen erzähle ich gar nichts. Ich will einen Anwalt sprechen.“

Schulte wurde wütend. Was fiel diesem Verbrecher ein, ihn zu beleidigen?

„Kein Anwalt kann sie da rausboxen, der Mordversuch an Ihrer Tochter ist unter Zeugen passiert. Der Glühweinbecher ist schon im Labor. Schon heute Abend werden wir das Strychnin nachweisen können. Wie sind Sie eigentlich an das Strychnin rangekommen?“

„Sehen Sie, sie haben keine Ahnung: Strychnin gibt es in jeder gut sortierten Apotheke, es wird in der ayurvedischen Medizin gegen Hexenschuss und Appetitlosigkeit angewendet."

„Jetzt haben Sie sich verraten!" triumphierte Schulte.

„Wieso, das ist eine ganz allgemeine Aussage gewesen. Ich möchte jetzt meinen Anwalt anrufen!"

„Ihre Frau wurde übrigens in Belgien aufgegriffen. Zusammen mit einem Ralf Hunold. Die beiden wurden überfallen. Möchten Sie dazu etwas sagen?"

„Was?" schrie Heinz und sprang auf. „Dieser verdammte Heizungsinstallateur!" Sein Gesicht wurde puterrot und er fing an zu hyperventilieren. „Es sind immer die Frauen, diese Teufelsweiber! Verfluchte Huren!" schrie er mit seltsam verzerrter Stimme, während er die Zähne so stark aufeinander biss, dass Schulte unwillkürlich an ein Raubtier denken musste.

„Beruhigen Sie sich doch!" bat Schulte und hob beschwichtigend die Hände. Aber anstatt sich wieder zu setzen, warf Heinz Schneider den Tisch um, was Schulte dazu veranlasste, fluchtartig den Raum zu verlassen und um Hilfe zu rufen. Keuchend stand er im Gang, den Rücken zur Tür gelehnt, und hörte, wie Heinz Schneider hinter ihm Tisch und Stühle mit den Füßen bearbeitete. Fortwährend brüllte er „Diese Weiber! Verdammte Weiber! Zerstören alles! Alles!“

41.

„Die echte Geduld zeugt von großer Elastizität."

Novalis (1772 - 1801), eigentlich Georg Philipp Friedrich Leopold Freiherr von Hardenberg, deutscher Lyriker

Holger Wackemuth verbrachte nun bereits zwei Tage in der Bäckerei gegenüber der Bahnhofsapotheke. Die drei Angestellten beäugten ihn zunehmend kritisch. Zum Glück gab es hier exzellente frisch gebackene, und nicht bloß aufgebackene, Brötchen und Kuchenteilchen. Er hatte bereits die ganze Speisekarte von oben bis unten durch. Da geschah endlich, worauf er so lange gewartet hatte: Christian Stussek ging, dick eingepackt mit Parka und Strickmütze, in die Apotheke. Holger bezahlte sofort, warf noch einen bedauernden Blick auf das leckere Marzipan-Croissant, von dem er erst einmal abgebissen hatte und folgte ihm. Vor dem Schaufenster, halb verborgen hinter einer großen Pappfigur mit roter Nase und Schal, die für ein Erkältungsmittel warb, blieb er stehen und beobachtete Stussek. Er war der einzige

Kunde und auch auf der Straße war nichts los. Kein Wunder, bei der Saukälte. Jetzt hatte er seine Jacke beim Bäcker liegen lassen, wie blöd. Der Reporter versuchte sich zu konzentrieren. Sehr gut! Durch die Scheibe konnte er sogar hören, wie ihn die Verkäuferin begrüßte.

„Ist Herr Schneider heute nicht da?“ fragte Stussek, während ihm die Apothekenhelferin die Methadon-Dosis vorbereitete.

„Nein.“ antwortete sie einsilbig.

„Schade, der Herr Schneider weiß nämlich, dass ich eine höhere Dosis brauche. Der gibt mir immer zweihundert Milligramm.“

„Das kann ich mir aber nicht vorstellen. Hundertzwanzig Milligramm sind die höchste Einzeldosis, die wir ausgeben dürfen. Haben Sie das schriftlich?“

„Nein, aber er hat es mir doch versprochen. Ich brauche das wirklich! Ich hab doch alles gemacht, was er gesagt hat!“

Irritiert hob die Apothekenhelferin die Augenbrauen.

„Hat er Ihnen Tipps gegeben, wie Sie vom Konsum runterkommen?“ Manchmal bildete der sich was ein, der Chef.

„Nein, aber ich hab´s genauso gemacht, wie er gesagt hat. Auf dem Turm. Ich hatte extra eine Zange besorgt, und den Draht ganz sauber rausgezogen. Keiner hat was gemerkt, wie er gesagt hat. Also bekomme ich jetzt auch die zweihundert Milligramm.“

„Sie bekommen hier gar nichts, wovon reden Sie eigentlich?“ Immer diese Junkies, wieso werde ich nicht einfach Immobilienmaklerin, dachte sich die junge Frau.

„Ich spreche vom Gloriasingen! Hab alles genauso gemacht und dann ist sie ja auch runter, die Frau Schneider, also krieg ich jetzt das Methadon.“ quetschte er kehlig hervor und versuchte die Frau anzufassen, als der Reporter die Tür aufdrückte und ihn zu Boden warf.

„Rufen Sie die Polizei, schnell! Das war ein Geständnis! Sie sind die Zeugin!“

Christian Stussek wusste nicht, was er falsch gemacht hatte.

42.

„Berlin. Es lebt dort ein so verwegener Menschenschlag beisammen, dass man mit der Delikatesse nicht weit reicht, sondern dass man Haare auf den Zähnen haben und mitunter etwas grob sein muss, um sich über Wasser zu halten."

Johann Wolfgang von Goethe, 1823

Nick hatte Kommissar Schulte alles erzählt: Seinen Verdacht, dass Heinz Schneider Eva bedrohen könnte, wie er sie beobachtet hatte und ihm schließlich das Geständnis mit dem Gift abgepresst hatte. Dass Eva ihn als Privatdetektiv engagiert hatte, weil sie nicht glauben konnte, dass Herta vom Turm gesprungen ist, da sie niemals Medikamente nahm und trotzdem welche im Blut hatte. Dass Heinz als Apotheker ihr diese hätte verabreichen können und einer der Bläser von Heinz mit Drogen versorgt wurde. Und dass Marlies Verschwinden für Eva und ihn völlig rätselhaft war.

Kommissar Schulte nahm alles auf und sagte wenig, schüttelte jedoch besorgt den Kopf angesichts der puren Existenz von Privatdetektiven.

„Denken Sie dran, derart ernsthafte Fälle, überhaupt alle Verbrechen, zukünftig der Polizei zu überlassen. Das ist viel zu gefährlich für Laien wie Sie!“

„Ach ja? Vergessen Sie nicht, dass Eva Schneider dann jetzt tot wäre.“ antwortete Nick, stand auf und ging. Wütend stieg er ins Auto und beschloss, sich erstmal abzureagieren, bevor er wieder zu Eva fuhr. Er fuhr in Richtung Kudamm. Sein Telefon klingelte, es war der Reporter, der ihm von dem Vorfall in der Apotheke erzählte. Das war der Beweis, dass Heinz den Mord an Herta geplant hatte. Jetzt musste nur noch geklärt werden, warum sie fiel, ohne geschubst zu werden und welches Motiv all dem zugrunde lag.

Nick fuhr langsam den weihnachtlich beleuchteten Kurfürstendamm entlang und betrachtete die alten Häuser. Evas Großtante Lissy kam ihm in den Sinn. Wie es hier wohl ausgesehen hatte, als sie damals die Straße entlang flanierte? An jeder roten Ampel verrenkte er den

Hals und sah neugierig um die Ecke. Eva sagte doch, dass sie seitlich vom Kudamm eine großbürgerliche Wohnung hatte. Ob es das Haus heute noch gab? Bevor er zur Charité fuhr, machte er noch einen Abstecher zur Friedrichstraße. Er fuhr einfach auf und ab, ließ sich mit dem Verkehrsfluss treiben. Der imposante, freistehende Bau des Berliner Ensembles am Spreeufer fesselte seinen Blick. Das hat es damals schon gegeben, bist du dort einmal aufgetreten, Lissy? fragte er sich selbst. Dann fuhr er an den prächtigen alten Botschaften Unter den Linden und dem Adlon vorbei. Er hatte Lust, mit Eva all das zu Fuß abzulaufen. Bestimmt konnte sie viel über die Straßen, Gebäude und Geschichten der Stadt erzählen.

Als er in der Charité ankam, saß Eva aufrecht im Bett, das Klapptablett vorm Bauch und aß. Sie sah immer noch mitgenommen aus, hatte aber eine gesunde Gesichtsfarbe.

Herr Schulte hätte eben das Zimmer verlassen.

„Er wollte wissen, ob ich gesehen habe, wie mein Vater das Gift in den Becher getan hat. So ein Trottel, dann hätte ich es ja wohl nicht getrunken. Aber mir ist eingefallen, dass er vor dem Weihnachtsmarkt etwas in seine Jackentasche gesteckt hat und darauf bestanden hat, die Getränke selber zu holen."

„Mach Dir keine Sorgen, allein die Tatsache, dass er wusste, welches Gift es war, beweist doch schon, dass er es war."

„Du hast Recht. Ich bin auch gar nicht sicher, dass ich nach Beweisen für seine Schuld suchen will. Er ist doch immerhin mein Vater." Sie senkte den Blick. „Aber ich muss es wohl akzeptieren. Wenn er mich umbringen wollte, wird er auch Herta umgebracht haben. Und wer weiß, was er mit meiner Mutter angestellt hat. Sie liegt auch im Krankenhaus! Herr Schulte hat mir die Adresse gegeben. In Belgien! Angeblich wurde sie überfallen und lag fünf Stunden gefesselt in der Eiseskälte an einer Tankstelle, bevor ein Autofahrer sie gefunden hat. Ich verstehe das alles nicht." Wieder brach sie in Tränen aus.

„Jetzt ist sie ja in Sicherheit! Ich bin überzeugt, alles wird sich jetzt ganz schnell aufklären."

„Ich bin so froh, dass ich dich hab." seufzte Eva und nahm seine Hand. Dann küssten sie sich.

„Dein Pullover hängt in der Sauce." lachte Eva, als Nick sich von ihr löste und beinah das Tablett mitnahm.

„War sie denn lecker?" fragte Nick und tat so, als wolle er den Pullover ablecken.

„Kommst du mit mir nach Belgien?" fragte Eva plötzlich.

„Well, ich bin sicher, du musst noch etwas unter Beobachtung bleiben. Außerdem ist es eine lange, anstrengende Fahrt. Was sagen denn die Ärzte?" Nick war nicht begeistert.

Eva zeigte sich aber als so starrsinnig, dass die Ärzte sie tatsächlich – auf eigenes Risiko – entließen.

„Sollen wir nochmal in deiner Wohnung vorbeifahren und ein paar Sachen mitnehmen? Ich müsste mir auch dringend wenigstens eine Zahnbürste kaufen. Wir müssen in Antwerpen übernachten, hin und zurück schaffen wir auf keinen Fall."

Diesem Vorschlag konnte Eva nicht wiedersprechen. Nick begutachtete interessiert Evas Wohnung. „Hast du eigentlich was zu essen da?“ fragte er.

„Wieso denken Männer eigentlich immer ans Essen?“ fragte Eva zurück.

„Wahrscheinlich weil ihr Frauen so appetitanregend seid. Wie können gar nichts dafür!“ sagte Nick unschuldig mit großen Augen und geschürzten Lippen dreinblickend.

Ohne abzuwarten, öffnete Nick den Kühlschrank und tat sich an einem Joghurt gütlich. Genüsslich löffelnd betrachtete er Eva, die sichtlich geschwächt ganz langsam einige Sachen in eine Tasche legte. Besorgt schlug er ihr vor, doch einmal im Krankenhaus in Belgien anzurufen und sich erstmal nach den Besuchszeiten zu erkundigen und auf welcher Station genau ihre Mutter lag. Überraschenderweise wurde sie direkt zu ihrer Mutter durchgestellt.

„Eva, wie schön, dass Du anrufst, mein Kind.“

„Mama, was ist denn bloß passiert? Hat Papa dir das angetan?“

„Nein, nein, das ist eine lange Geschichte. Ich bin eigentlich selber schuld, ich Dummchen. Am besten erzählen wir dir das alles ganz in Ruhe.“

„Wir fahren gleich los zu dir nach Belgien.“

„Aber nicht doch, das ist viel zu weit. Ich komme morgen wieder zurück nach Soest. Wir haben einiges zu klären, dein Vater und ich. Der Kommissar Schulte will auch mit mir sprechen.“

„Aber übernimm dich nicht! Sollen wir dich nicht lieber abholen?“

„Nein, lass nur, wir fahren mit dem Zug.“

Verwirrt legten beide auf und fragten sich, wer eigentlich mit „wir“ gemeint war.

„Deine Mutter scheint genauso stur zu sein wie du!“ kommentierte Nick das Telefonat.

Eva bewarf ihn daraufhin mit einem Küchentuch.

„Wo wir jetzt noch den ganzen Tag Zeit haben, können wir uns ja noch etwas entspannen.“ schlug Nick vieldeutig vor und nahm Evas Hand.

„Oh ja, du siehst sehr verspannt aus.“ säuselte Eva und führte ihn zum Bett.

„Du darfst Dich aber nicht anstrengen. Lass dich einfach verwöhnen.“ sagte Nick und legte Eva sanft auf die Kissen.

Später versanken sie in einen tiefen, erholsamen Schlaf.

43.

Back to the roots

Zurück in Soest, fiel Eva ihrer Mutter erleichtert um den Hals: „Mama! Wie geht es dir? Oh, Herr Hunold, was machen Sie denn hier? Ist die Heizung ausgefallen?“ fragte Eva.

„Setz dich erstmal, Eva. Wer ist denn dieser nette junge Mann an Deiner Seite?“ fragte Marlies und führte die beiden ins Wohnzimmer der Bauhaus-Villa, wo Nick neben Eva auf dem Sofa Platz nahm. „Ich koch uns erstmal einen schönen Kaffee!“

„Das ist Nick. Er hat mir das Leben gerettet! Mach ihm doch bitte einen schwarzen Tee!“ fügte Eva lächelnd mit einem Seitenblick auf Nick hinzu. Sein Herz machte einen glücklichen Hüpfer.

„Was haben die Ärzte gesagt? Hast du durch die Unterkühlung irgendwelche Folgeschäden zu erwarten?“ wollte Eva wissen.

„Nein, meine Kleine. Glücklicherweise haben die Ersthelfer alles richtig gemacht, so dass die Auskühlung schnell gestoppt wurde. Wenn man uns später gefunden hätte, wäre es sicher nicht so glimpflich ausgegangen. Dann hätten leicht Finger und Zehen erfrieren können, nicht wahr?“ Marlies warf Ralf einen liebevollen Blick zu und er strich ihr sanft über den Rücken. Eva starrte sie mit geöffnetem Mund an.

„Meine arme Kleine, nun erzähl doch erstmal, was in Berlin passiert ist. Der Kommissar Schulte sagte, dass Papa im Gefängnis ist. Ich verstehe das nicht. Und Du warst im Krankenhaus? Was ist überhaupt vorgefallen?“ fragte Marlies.

„Mama, Papa wollte mich vergiften!“ schluchzte Eva, „Wie konnte er sowas tun? Seine eigene Tochter! Und er hat wahrscheinlich auch Tante Herta etwas angetan. Wir dachten sogar, er hätte dich entführt, als du unauffindbar warst.“

Marlies nahm ihre Tochter in den Arm und streichelte sanft über Ihr Haar. Sie sah ihr tief in die Augen. Eva wunderte sich über ihre Reaktion. Sie war weder aufgebracht noch wütend, sondern strahlte eine sonderbare Ruhe und Kraft aus. So hatte sie ihre Mutter nie erlebt. Meistens hatte sie auf Eva freundlich, rührig und etwas kleingeistig gewirkt. Aber nun war da etwas gänzlich anderes, eine Art von Größe.

Nick betrachtete die beiden aufmerksam und bemerkte eine gewisse Nervosität an Ralf Hunold: Er blickte unsicher zwischen beiden hin und her und hielt die Finger merkwürdig verschränkt.

„Eva, dein Vater würde Dich niemals vergiften!"

„Doch, er hat Strychnin in meinen Glühwein getan! Nick war dabei, das Labor hat sogar Reste davon im Becher nachweisen können!"

„Hör mir doch zu, Eva. Dein Vater würde niemals etwas tun, das dir schadet. Er hat dich immer von der Ferne beobachtet und niemals Ansprüche gestellt, damit du nicht als uneheliches Scheidungskind aufwachsen musst. Nicht wahr, Ralf?"

„Oh dear!" entfuhr es Nick. Dann begriff Eva.

„Ich war nicht so stark wie Herta. Sie hat sich einfach über die gesellschaftlichen Konventionen hinweggesetzt. Ralf und ich hatten uns dafür entschieden, unsere Liebe geheim zu halten. Aber es war oft nicht leicht, mit Heinz zu leben. Und Ralf hat sehr viele Opfer bringen müssen, um seine kranke Frau zu pflegen. Als Herta starb, habe ich nachgedacht. Das Leben ist zu kurz, um sich von anderen vorschreiben zu lassen, wie man leben soll. Außerdem sind inzwischen so viele Leute geschieden, ich kam mir plötzlich vor wie ein Dinosaurier, ein Relikt aus einer vergangenen Zeit. Aber ich hatte auch Angst davor, Heinz um die Scheidung zu bitten. Und dann hatte ich die Idee, einfach die Antiquitäten aus dem Keller zu verkaufen und mit Ralf ein neues Leben anzufangen, irgendwo wo uns keiner kennt. Leider hat es nicht geklappt, weil die Schwarzhändler in Belgien uns beklaut haben."

Eva stand noch immer der Mund auf.

„Können Sie uns mehr zu den Antiquitäten sagen?" fragte Nick.

„Das waren ganz wundervolle Sachen, ein Smaragd-Collier, mehrere Statuen und Kleinmöbel und ganz herrliche alte Gemälde. Wir waren ganz überrascht, als uns im Keller hinter dem Konservenregal eines Tages diese Tür auffiel. Das war wohl ein Geheimversteck von Willi, Heinzes Vater."

„Aber warum hat er die Sachen versteckt? Er hätte sie doch aufstellen können?" Eva hatte ihre Sprache wiedergefunden.

„Ich denke, sie waren nicht nach seinem Geschmack. Eine der Statuen war sehr protzig, mit goldenen Intarsien, die andere war eine nackte Frau und auch auf den Bildern waren leicht bekleidete Damen." erklärte Marlies.

„Oder er hat sie nicht ganz auf legale Weise erworben." warf Nick ein.

„Vielleicht weiß Heinz mehr. Er hat nie darüber geredet, aber ich denke, er hat mir in den vielen Jahren so einiges verschwiegen. Wie ich ihm." sagte Marlies nachdenklich.

„Mama, du musst mir jetzt nochmal erklären, was hier los ist. Du hast Papa während eurer ganzen Ehe betrogen? Ich fasse es nicht!“

Und so verbrachte die Familie Schneider einige Stunden in angeregter Unterhaltung, die ehrlicher, grundsätzlicher und menschlicher war als je zuvor, während Nick viele Kannen Tee trank. Und Eva sah Ralf zum ersten Mal als das, war er schon immer war: ihr Vater.

44.

„Das Gewissen ist fähig, Unrecht für Recht zu halten, Inquisition für Gott wohlgefällig und Mord für politisch wertvoll."

Erich Kästner

Heinz war inzwischen an die Polizeistelle in Soest überführt worden. Nachdem er mehrfach randaliert hatte, befürchteten die Beamten schon, er könne sich als ein Fall für die Forensische Psychiatrie in Eickelborn herausstellen. Definitiv fiel er durch obsessiven Frauenhass auf. Aber das würde künftig der Gefängnispsychologe beurteilen müssen. Kommissar Schulte versuchte ein weiteres Mal sein Glück, um herauszufinden, ob er nur des versuchten Mordes an Eva angeklagt werden sollte, oder auch des Mordes an Herta. Es sprachen nun ausreichend Indizien gegen ihn. Aber noch immer war das Motiv nicht klar.

Der Mann, der Kommissar Schulte im Verhörraum gegenüber saß, war seit vorgestern um Jahre gealtert. In Handschellen saß er mit gesenktem Haupt am Tisch.

„Herr Schneider, es wird ganz schön eng für Sie! Wir wissen, dass Sie den Drogenabhängigen Christian Stussek als Komplizen genutzt haben. Durch Ihre Methadon-Gabe konnten Sie ihn nötigen, den Sicherungsdraht zu entfernen. Außerdem haben Sie Herta Schneider ein speziell angemischtes Hühneraugenmittel verabreicht. Die Gerichtsmedizinerin hat festgestellt, dass das Antidepressivum über die Hühneraugenwunde in die Blutbahn gekommen sein kann. Die Menge war zwar nicht tödlich, löste aber einen akuten Drehschwindel aus. Sie wussten, dass Ihre Schwester durch die Anstrengung der Turmbesteigung, die Eisesglätte und die Dunkelheit mit großer Wahrscheinlichkeit stürzen würde. Sie dachten, Sie würden damit davonkommen, dass Sie es wie einen Unfall aussehen lassen. Aber es war ein kaltblütiger Mord! Was hat Herta Ihnen angetan, dass sie sterben musste?“

„Sie können mir überhaupt nichts nachweisen! Es war nicht mehr als ein tragischer Unfall. Bringen Sie mich zurück in meine Zelle!“

„Herr Schneider, es wäre besser, sie kooperieren. Wir haben alle sehr stark den Eindruck, dass Sie große Hassgefühle gegen ihre Schwester gehegt haben. Wenn Sie nicht gestehen, wäre es vielleicht nötig, die Gutachter der forensischen Psychiatrie Eickelborn einzuschalten.“

„Wenn hier einer verrückt ist, dann Herta und ihre sonderbaren Freunde. Alles ein demoralisiertes Pack!“

„Wie meinen Sie das?“

„Lassen Sie mich in Ruhe!“

„So kommen wir doch nicht weiter. Vielleicht machen wir mal eine Pause. Ihre Frau ist draußen und möchte Sie sprechen. Soll ich Sie hereinlassen?“

„Na endlich ist sie wieder aufgetaucht. Das ist gut. Ich möchte unter vier Augen mit ihr sprechen, das ist ja wohl hoffentlich möglich?“

„Da muss ich Sie leider enttäuschen.“ antwortete Schulte.

Das Gespräch mit Marlies Schneider dauerte keine fünf Minuten. Sie teilte ihm nur kurz und mit fester Stimme mit, dass sie sich scheiden lassen wolle, die Bilder gestohlen wurden und im übrigen Eva gar nicht von ihm sei.

Daraufhin explodierte er. Bevor er Marlies verletzen konnte, wurde sie hinausgebracht. Schulte nutzte die Gelegenheit, das Verhör auf gesteigertem Erregungsniveau fortzuführen. Der Sturkopf würde sich nun hoffentlich nicht mehr im Zaum halten können und gestehen.

„Da hat sie es Ihnen aber gezeigt! Eine weitere Frau, die es nun verdient zu sterben, was meinen Sie?“ Heinz Schneider lief hektisch auf und ab, wie ein gehetztes Tier im Käfig.

„Diese Schlampe! Herta hat sie korrumpiert! Ich hätte sie schon viel früher umbringen sollen! Dabei wollte ich nur unsere Familienehre beschützen. Das Andenken der Vorfahren zählt ja nichts mehr heutzutage. Und Herta, dieses unsittliche Weibsbild wollte alles zunichte machen!“ brachte Heinz hervor.

„Was meinen Sie damit?“ fragte Schulte verwirrt. „Spielen Sie auf die Liaison mit dem Pfarrer an?“

„Wenn es nur das gewesen wäre! Aber sogar meine Stammkunden haben schon mitbekommen, dass sie es auch noch mit Frauen trieb. Ekelhaft!“

„Und deshalb haben Sie sie umgebracht? Damit ihre Kundschaft Ihnen nicht wegläuft?“

„Ach was. Ich habe mich jahrelang zusammengerissen. Aber dann hat sie das Fass zum Überlaufen gebracht. Erpresst hat Sie mich, das Luder!“

„Frau Schneider hat Sie erpresst? War es nicht vielleicht eher andersrum? Was hatte Sie denn gegen Sie in der Hand?“

„Sie wollte unseren Vater besudeln! Dabei war er, im Gegensatz zu all den Frauen in der Familie, ein heldenhafter Mann, dem Moral über alles ging. Er hat den Schatz der Familie geholt und verhindert, dass diese Schlampe alles ausgibt und die Familie entwürdigt. Und jetzt ist alles weg! Alles weg! Diese verfluchte Marlies! Warum habe ich das nicht verhindert? Oh Vater, vergib mir!"

„Wovon zum Teufel sprechen Sie?" fragte Schulte.

„Meine Vorfahren! Da war nicht nur mein Vater Wilhelm, sondern auch seine Schwester, meine Tante Elisabeth. Sie nannte sich „Künstlerin", hatte sogar ihren Namen verleugnet und sich „Lissy LaBelle" genannt. Was ist an unserem traditionellen Namen nicht in Ordnung? Und wie sie sich aufgeführt hat! Männersachen getragen, unanständige Lieder gesungen und Drogen genommen hat sie. Lebte in Saus und Braus, obwohl mein Vater und seine Eltern arm waren. Und immer hat sie sich über ihn lustig gemacht, nur weil sein Bein nicht gesund war. Ich bin froh, dass ich es nicht erleben musste. Er hat dem allen ein Ende gemacht."

„Wie meinen Sie das? Ein Ende gemacht?"

„Er hat sie mit ihren eigenen Waffen geschlagen." Heinz kicherte irre. „Das geschah ihr recht, hehe. Was hat sie sich auch immer zugekokst? Da musste er gar nicht viel machen. Hat sich einfach auf sie gestürzt, ihr die Nase zugehalten und als sie nach Luft schnappte, den kompletten Inhalt ihrer Koks-Schmuckdose in den Mund gekippt. Inhaliert wirkt es ja noch stärker als oral. Muss ein Vorrat für mehrere Tage gewesen sei. Schon die dreifache Menge einer Tagesdosis kann tödlich wirken. Bei 0,5 bis 1,2 Gramm Koks tritt der Tod innerhalb von fünf Minuten ein. Erst gibt es Störungen der Herzfunktion und Blutgefässe. Dann Gehirnblutungen und Krämpfe. Später dann der Atemstillstand. Er hat ihr nur geholfen. All das schöne Geld und die Wertgegenstände hätte sie doch nur in Drogen investiert. Und dann kam sowieso die Inflation. Die Nazis hätten ihr das meiste ohnehin weggenommen, das war ja fast alles entartete Kunst. So hat er auf alles aufgepasst, all die Jahre. Beim Bau der Villa hat er extra einen geheimen Kellerraum eingeplant, um alles zu verstecken. Er war ein vorausschauender Mann. Wenn die Nazis es nicht enteignet hätten, hätte man es ihm nach dem Krieg weggenommen für die verfluchten Reparationszahlungen. Aber Wilhelm war schlau! Er hat es nicht einmal Herta und mir erzählt. Bestimmt wusste er damals schon, dass Herta genauso enden würde wie Elisabeth. Weibsbilder. Und dann habe ich den Raum entdeckt und sein Tagebuch gefunden. Ja, Vater, alles ist so gekommen, wie Du gewollt hast.“ Heinz hatte sich inzwischen hingesetzt und wiegte seinen Körper hin und her. Ein abwesendes Lächeln war in sein Gesicht gemeißelt.

„Also ist Herta dahinter gekommen?“

„Ja, die falsche Schlange hat mich erpresst. Und alles nur wegen diesen dämlichen Landfrauen! Die haben das Marmeladenglas zerdeppert und dabei das Regal weggeschoben, das die Tür versteckt hat. Marlies konnte ich einreden, ich hätte das Versteck noch gar nicht gekannt und alles sei wertloser Plunder. Aber sie wollte unbedingt diese protzige Kette tragen und eines dieser obszönen Bilder aufhängen. Herta hatte zufällig in einem Buch Fotos von Elisabeth gesehen, wo sie genau diese Kette trägt. Das Bild hat im Hintergrund gehangen. Wie hätte ich denn damit rechnen können? Mein Vater hat uns niemals Fotos von Elisabeth gezeigt. Wer druckt denn auch solchen Dreck?“

„Und Herta wollte alles der Polizei sagen?“

„Nein, sie wusste gar nicht, dass Wilhelm die Wertgegenstände bei Elisabeth hat mitgehen lassen. Sie meinte aber, dass sie ein Anrecht auf die Hälfte hätte, da die Antiquitäten unrechtmäßig der Erbmasse entzogen wurden. Sie wollte deshalb 150.000 Euro ausgezahlt haben. So viel hatte ich ja gar nicht. Wenn ich etwas verkauft hätte, wäre am Ende alles rausgekommen. Deshalb habe ich ihr erstmal nur 50.000 Euro gegeben. Dann wurde mir klar, dass ich sie stoppen muss. Sicher hätte sie immer mehr gefordert."

„Und jetzt haben Sie alles verloren: Den Schatz, die Schwester, Frau und Tochter."

Heinz starrte ihn mit glasigem Blick an, bis sein rechtes Augenlid zu zucken begann.

45.

Keep calm and drink tea

Nick brachte Eva eine Tasse Darjeeling ans Bett und weckte sie mit einem Kuss auf die Nasenspitze.

„Wie hast Du geschlafen, Sweetheart?“

„Ich hatte einen verrückten Traum: Mein Vater war im Gefängnis, meine Mutter hatte einen Liebhaber, der Heizungsmonteur war mein leiblicher Vater und ich hatte einen scharfen Engländer im Bett.“ flüsterte Eva, die Augen noch immer halb geschlossen, sich im Bett räkelnd.

Nick stutzte. Dachte sie etwa, alles wäre nur ein Traum gewesen? Vielleicht brauchte sie doch besser einen Espresso als einen Tee?

„Sweetheart, das war kein Traum.“

„Ich weiß, aber ich glaube, ich werde noch ein paar Monate brauchen, um das alles zu verdauen.“

„Vielleicht kann ich dir ja dabei helfen?“ bot Nick an.

„Du bist süß! Wie willst du das machen? Mein Leben ist quasi über Nacht zusammengebrochen. Gut, dass ich noch meinen Job und meine Wohnung habe.“

„Siehst du, ein bisschen steht ja noch. Und außerdem gibt es nichts, was nicht mit einer guten Tasse Tee wieder gut würde. Hat meine Mutter schon immer gesagt.“

Eva pustete lächelnd in die heiße Teetasse.

„Du solltest dringend noch ein paar Tage Urlaub nehmen, um den Schock zu verarbeiten. Wie wäre es mit einem „dirty weekend“ in London? Falls Silvester mit meiner Familie nicht zu erschreckend klingt für dich.“

„Du meinst abschreckend?“

„Genau.“

„Wie könnte ich der Aussicht auf noch mehr heilsamen Tee in so charmanter Gesellschaft widerstehen?“

Nach dem Übersetzen mit der Calais-Dover-Fähre fuhren sie durch die leicht hügelige Landschaft der Grafschaft Kent über die M4 in Richtung London.

„Wenn wir zurückkommen, möchte ich gerne den Pfarrer und die Galeristin zum Essen einladen.“ sagte Eva. „Kommst Du mit? Ich finde, Sie sollten wissen, was geschehen ist, bevor sie es durch die Gerüchteküche erfahren.“

„Unbedingt. Was passiert eigentlich mit den restlichen Kunstgegenständen im Keller?“

„Ich würde zu gerne der Galeristin etwas davon schenken. Das wäre eine tolle Ausstellung. Aber es ist schlussendlich alles Raubkunst und leider durch den Mord an Lissy nicht mehr legal in unserem Familienbesitz, also müssen wir es abgeben. Es wird sicher alles in einem Museum landen. Vielleicht sogar als Teil der Ausstellung in Düsseldorf, wo wir waren?“

„Das würde passen. Wann fährst du eigentlich wieder nach Berlin?“ fragte Nick.

„Ich glaube, ich helfe meiner Mutter bei der Scheidung und dem Verkauf des Hauses. Sie möchte mit Ralf in eine kleine Wohnung ziehen und vom Verkauf der beiden Häuser können sie einen Platz im Pflegeheim für Ralfs Frau bezahlen."

„Ich freue mich, wenn du noch ein bisschen in Soest bleibst. Aber ich glaube, deine Mutter kommt gut zurecht. Sie ist ja glücklicherweise nicht alleine. Und ihre Landfrauen hat sie auch noch."

Sie schwiegen die letzte Stunde der Fahrt und dachten an was war und was kommen würde. Dann erreichten sie die Einfahrt des kleinen Häuschens nördlich von London, in dem Nick aufgewachsen war.

„Hast du deinen Eltern eigentlich gesagt, dass ich mitkomme?"

„Nein, das ist meine Neujahrsüberraschung für sie." lachte Nick.

Eine sympathische kleine Frau im geblümten Polyesterkleid öffnet die Tür.

„Nick, my dear, so good to see you. And you brought Clarissa as well, how wonderful."

"No mum, that's Eva!" Kaum drehte Nicks Mutter ihnen den Rücken zu, formte Eva mit den Lippen den unhörbaren Satz „Wer ist Clarissa?"

„Denk dir nichts dabei, sie hat ein schlechtes Gedächtnis."

Ein ausgelassenes Dinner mit kleinen gefüllten Pies und Sunday Roast mit Bohnen folgte für die nächsten Stunden. Nicks Bruder erzählte von seinen jüngsten großartigen Börsengewinnen, während seine Kinder die Playstation bearbeiteten und halbstündlich erfolglos von seiner Frau ermahnt wurden, zu Tisch zu kommen. Nicks Vater, grauhaarig mit verschmitzt funkelnden Augen und einem milden Lächeln, verwickelte Eva in eine amüsante Unterhaltung. Nick übersetzte dann und wann. Als um Mitternacht das Feuerwerk den Himmel erstrahlen ließ, gingen alle nach draußen. Nicks Bruder samt Frau versuchten, größere Verbrennungen beim Treiben der Kinder zu vermeiden. Nick und Eva standen Arm in Arm, genauso wie seine Eltern, den Blick zum Himmel gerichtet und waren glücklich. Was das neue Jahr wohl bringen würde?

Dann rief die Mutter alle hinein zum Dessert.

„Oh mein Gott, sie hat wieder die Zabaione gemacht. Iss lieber nichts davon. Letztes Jahr hatten wir alle Salmonellen!“ warnte Nick Eva.

„Na ja, ich werde mich wohl den englischen Traditionen besser anpassen. Sagt man nicht „No risk, no fun?“ bei euch?“

„Na dann, Happy New Year!“ erwiderte Nick grinsend und erhob das Glas in die Runde.

Über die Autorin:

Birgit Davidian wurde 1969 in Berlin geboren. Als Diplomkauffrau ist sie bereits 20 Jahre bei einem internationalen Unternehmen in der Softwarebranche tätig. Nach berufsbedingten Stationen in Wiesbaden und München ist sie - der Liebe zu einem Engländer wegen - 2015 mit ihren zwei Söhnen nach Soest gezogen. Inspiriert von der eindrucksvollen mittelalterlichen Architektur und natürlich dem wunderbaren Gloriasingen ist dieser erste Krimi entstanden.

FSC
www.fsc.org
MIX
Papier aus verantwortungsvollen Quellen
Paper from responsible sources
FSC® C141904

Druck:
Canon Deutschland Business Services GmbH
im Auftrag der KNV-Gruppe
Ferdinand-Jühlke-Str. 7
99095 Erfurt